AF210638

Silmissä

Kiia Kylkisalo

Kustantaja:
BoD – Books on Demand, Helsinki, Suomi
Valmistaja:
BoD – Books on Demand, Norderstedt, Saksa
ISBN 978-952-330-321-8

2016

Muutama sananen kirjoittajalta

Olen rakastanut kirjoittamista jo pienestä tytöstä asti ja vihdoin sain aikaiseksi kirjoittaa kirjan kannesta kanteen. Halusin päästää kirjaan herkän mielikuvituksen valloilleen.

Kirjasta tuli sellainen kuin tuli. Se oli parin vuoden projekti. Aina en välttämättä ollut johonkin tyytyväinen ja löysin taas itseni palaamassa alkupisteeseen. Jossain vaiheessa mukana piti olla jotain yliluonnollista ja vampyyrejä. Lopputulokseen ei kyllä niitä tullut.

Kirjassa on kohtia joihin en ole täysin tyytyväinen, mutta kokonaisuus on tärkeintä. Ei olisi tarvinnut olla niin itsekriittinen. Liiallisen itsekriittisyyden takia kirjan valmistuminen venyi niin pitkään. Halusin olla varma siitä, että kirjasta tulee juuri sellainen, kuin haluan.

Välillä tuli kirjoitettua paljon ja tiheästi. Joskus vain muutama lause, ja oli niitäkin aikoja milloin tuli muutaman kuukauden tauko. Nyt tuntuu siltä, että kirja on valmis, minun näköiseni. Kirjoitin myös muutamia otteita omasta elämästäni. Sellaisia ihan pieniä juttuja. Sellaisia mistä voin tunnistaa, että tämän minä olen kirjoittanut, tähän samaistun. Toivottavasti muut nauttivat kirjani lukemisesta vähintään yhtä paljon, kuin minä sen kirjoittamisesta.

Luku 1. Kohtaus

Ole hiljaa! En jaksa sinua, huusin. Kukaan ei puhunut ja olin yksin. Huusin silti. Pääni oli kipeä enkä voinut hyvin. Tuntui, että mikään lääke ei auttanut. Yritin kävellä, mutta silmäni mustuivat ja kaatuilin. Yritin ottaa lipastoista ja seinästä tukea. Istuin polvillani ja revin hiuksiani pois päästäni. Käsissäni oli tuppo punertavia hiuksiani. Päänsärky oli raivostuttava ja jalkani kipeät, koska olin kaatuillut paljon. Polveni olivat ihan mustelmilla ja vain itkin. Mustelmani olivat ihan violetit ja erittäin kipeät. Olin pukannut jalkani johonkin terävään, sillä minulla oli iso haava oikeassa jalassani ja siitä vuoti verta. Olin ihan sekaisin.

Menin etsimään laastareita. Hoipertelin lääkekaapin luo. Meillä oli pelkästään sellaista laastaria, josta piti leikata itse. Hienoa, nyt minun piti etsiä saksetkin. Onneksi vieressäni olevalla pöydällä oli sakset. Yritin leikata laastaria, mutta olin aivan sekaisin. Leikkaamisesta ei meinannut tulla mitään. Sakset lipsuivat käsistäni samalla viiltäen haavan käteeni. Käteni alkoi vuotaa verta. Nostin sakset lattialta ja leikkasin toisenkin laastarin. Laitoin laastarit haavoihin ja loput takaisin lääkekaappiin.

Halusin pois mutten tiennyt mistä. Halusin lakata olemasta edes vain hetkeksi. Katsoin pihalle. Silmäni eivät tarkentaneet hyvin, enkä jaksanut laittaa silmälaseja. Ulkona satoi. Se rauhoitti mieltäni ja oli varmaankin ainoa asia joka edes hetkellisesti auttoi huonoon olooni. Näin kun vesipisarat juoksivat kilpaa ikkunalla. Tuuli tanssitti puita ja rännistä tuli vettä.

En nähnyt lintuja. Ne olivat varmaankin jossain isompien puiden oksilla suojassa sateelta. Näin salaman, mutta jyrinä kuului vasta kymmenen sekunnin päästä. Oli todella valoista, vaikka pihalla olikin aikamoinen koiranilma. Hengitin syvään, suljin silmäni ja menin lattialle makaamaan. Pyyhin kyyneleet poskiltani. Minulla oli kylmä ja kuuma yhtäaikaisesti. Toivoin, että tunne olisi ohimenevää sillä, vaikka vain pää ja jalat olivat kipeät, oloni oli huono ja kummallinen. Käteni hikoilivat kuumuudesta ja jalat tärisivät kylmyydestä. Toista kättäni kirveli haavan kohdalta. Minua heikotti sillä en pidä verestä.

Tällaista minulla oli muutama kerta vuodessa. En ikinä tottunut siihen ja joka kerta se tuntui vain pahenevan. En tiennyt oliko se migreeni vai mikä. En ollut perehtynyt asiaan, sillä vihasin kun huono olo tuli, enkä halunnut edes ajatella sitä. Yritän viimeiseen asti sinnitellä kivun kanssa, enkä halua muiden tietävän siitä. En ollut ikinä kertonut kellekään kivuistani, sillä ensinäkin en halua kenenkään huolestuvan minusta ja vihaan lääkärissä käyntiä ja lääk-keitä. En halua niellä lääkkeitä, koska en halua ke-hooni mitään mitä siinä ei luonnostaan ole.

Näytän varmasti ihan zombielta hoiperrellessani talossa. Outo oloni helpottui, mutta päätä vielä särki. Laskeuduin varovasti alakertaan etsimään appelsii-nimehua. Mehu tuo aina hyvän olon ja virkistää. Katsoin jääkaappiin ja otin mehupurkin. Mehua oli vain vähän pohjalla. Join mehun, mutta minulle jäi silti jano. Otin lasin ja avasin hanan. Join vähän vet-tä ja jätin lasini tiskipöydälle.

En jaksa tätä tunnetta, tai tätä kaupunkia. Oikeas-taan, kylässä missä asun, on kamalaa. Ihmiset ovat mukavia, mutta tämä paikka on ankea. Täällä ei ole mitään tekemistä. Ei ole mitään paikkaa, missä olla kavereiden kanssa. Ei ole nuorille mitään kokoon-tumispaikkaa. Eikä ikinä mitään tapahtumiakaan. Ja jos joitain tapahtumia on, ne ovat mielestäni aika tylsiä. Tämä on ihan tylsä paikka. En usko, että olisi paljoa vaadittu, jos tänne saataisiin jotain kivaa. Ui-mapaikkoja on harvassa ja nekin ovat ihan levässä. Jos minulla ei olisi ystäviä, niin täällä olisi niin ma-sentavaa, että en kestäisi viikkoakaan.

Usein mietin, että mitä sellaiset ihmiset, joilla ei ole ystäviä, tekevät tällaisessa kylässä. Olen varma, että minulla ei olisi ikinä näin huono olo, jos asuisin au-rinkoisessa ja kauniissa kaupungissa. Täällä on tunkkainen ja likainen ilma. Lähes aina ilma on harmaa ja masentava. Onneksi tämä kesä on ollut ihan mahtava, oli poikkeuksellisen hyvät säät ja aurinkoista. Ärsyttää mennä kouluun.

Menin olohuoneeseen ja tömähdin sohvalle. Äiti oli laittanut pöydälle mustan pyöreän kulhon, jossa oli erilaisia pähkinöitä. Hänellä oli tapana laittaa aina niitä kulhoon, ettemme kajoaisi herkkuihin. Nappasin siitä muutaman itselleni. Pähkinät ovat terveellisempiä ja niitä on mukava napostella. Otin niitä kourallisen lisää. Minua alkoi pikkuhiljaa väsyttää.

Otin kaukosäätimen ja avasin telkkarin. Vetäisin sohvalla olevan viltin päälleni. Selasin kanavalistaa, mutta mitään mielenkiintoista ei näyttänyt tulevan. Sammutin television ja suljin silmäni. Otan pienet torkut, ajattelin. Olisin kaivannut päänsärkylääkettä, mutta en tiennyt missä niitä olisi lisää. Olin katsonut samalla, kun hain laastareita lääkekaapista, että oliko niitä. Ei ollut. Äiti saisi ostaa niitä lisää. Käännyin kyljelleni, ja silmissäni pikku hiljaa sumeni.

Avasin silmäni· Katsoin käsiäni· Niissä oli verisiä jälkiä· Veripisarat alkoivat liikkua ja järjestäytyä· Niistä muodostui kirjain S· Veri kauhistutti minua· Pyyhin sen toisella kädelläni äkkiä pois· Mitä ihmettä se tarkoittaa? En ollut enää sohvalla· Olin jossain aivan muualla· Laitoin silmäni kiinni ja avasin ne uudelleen· Yhtä äkkiä olin kävelemässä niityllä· Laitoin silmäni uudelleen kiinni ja avasin ne· Paikka ei enää vaihtunut· Olin edelleen niityllä·

Aurinko paistoi ja linnut lauloivat· Nauroin enkä edes tiennyt miksi· Katselin perhosia· Pidin käsiäni sivuilla ja koskin kevyesti heiniä ja niityn pitkäksi kasvaneita kasveja· Kaikki kipuni oli kadonnut ja tunsin oloni onnelliseksi ja mukavaksi· Menin makuulleni ja aloin tehdä vaaleanpunaisista kukkasista seppelettä· Kun sain seppeleen valmiiksi, pistin sen päähäni ja nousin·

Jatkoin kävelyä niityllä ja tunsin, kuinka askeleeni sekä oloni oli ihanan kevyt· Kohotin katseeni taivaaseen· Se oli lähes pilvetön· Tuumin, että miten ihmeessä olen päässyt näin ihanaan paik-

kaan· Kuin olisi taivaassa ollut, vaikka en edes
tiedä millaista siellä olisi· Sen tiesin, että tänne
halusin jäädä· Oloni ei ollut koskaan aikaisemmin
ollut näin vapaa· Hengitin syvään· Hymyilytti·
Oli niin kevyt olo·
Katsoin taivaalle uudelleen· Pilvet näyttivät
tummenevan ja lisääntyvän· Aurinko meni niiden
taakse piiloon·

Tummat pilvet ympäröivät minut· Katsoin tar-
kasti pilviin· Niiden keskeltä tuli hyvin tumma
hahmo minua kohti· Säikähdin ja lähdin paniikissa
juoksemaan pois sen luota· Askeleeni alkoivat
tuntua painavilta ja juoksustani ei tullut enää
mitään· Kukkaset ja heinät muuttuivat piikkisek-
si pensaikoksi· Kaaduin ja käännyin katsomaan
taakseni tummaa hahmoa·

"Kaikki tulee muuttumaan" Hän sanoi· "Mikä
tulee muuttumaan!" Huusin samalla kun vuosin
verta käsistä ja jaloista· Hän hoki lausettaan ja
tunsin kuinka maa alkoi liikkua allani· Se veti
minua sisäänsä ja huusin apua· Tumma hahmo

14

toisteli edelleen lausettaan· "Kaikki tulee muut-
tumaan"· Yritin huutaa lujempaa, mutta ääneni
oli lähtenyt· Huutoni olivat, kuin kevät tuulen
kuiskauksia·

Itkin ja yritin päästä liikkumaan· En nähnyt
ympärilläni enää mitään muuta kuin mustaa·
Maa veti minua edelleen sisäänsä ja tummat
pilvet ja hahmot loittonivat· Tunsin kuinka mus-
tuus tunkeutui mieleeni ja syvälle sisälleni· En
pystynyt enää edes ajattelemaan· Sitten kuului
huuto:

Luku 2. Kirja

Minttu tule auttamaan! Äiti oli juuri tullut kotiin suurien kauppakassien kanssa. Tajusin nähneeni outoa unta. Laitoin kädet kasvoilleni ja hengitin syvään. Uneni oli ollut todella epätavallinen, mutta todentuntuinen. Se oli niin todentuntuinen, että on vaikea uskoa sen olleen vain unta. Unta se kuitenkin onneksi vain oli. En ole täysin varma, että olenko vieläkään hereillä. Heräsinkö unessani uneen? Nipistin itseäni. Joo, kyllä sitä hereillä ollaan. Pääni oli vieläkin kipeä, mutta nielin kipuni ja menin auttamaan äitiäni.

Äitini on Katariina. Hän on oikea supersankari. Hän käy kahdessa eri työssä vain sen takia, jotta saisi rahaa tarjotakseen perheellemme mahdollisimman hyvän elämän. Asumme kotonamme kahdestaan, sillä minulla ei ole sisaruksia. Isää minulla ei myöskään ole, joten hän tavallaan tekee töitä isänikin edestä. Kyllä minulla joskus oli, mutta hän kuoli onnettomuudessa. Olin hyvin pieni silloin enkä ymmärtänyt vielä.

En muista hänestä paljoa. Ainoastaan sen, että hän oli hyvin kiireinen. Hän tutki jotain asiaa, josta en tiedä ja myös matkusti paljon. Matkoiltaan hän toi aina minulle pienen nallen. Isän kuoltua äiti vei nalleni pois. Se oli hänelle hyvin rankkaa. Sain onneksi piilotettua itselleni yhden matkamuisto nallen. Äitini todella yrittää näyttää, että hän pärjää näin eikä kaipaa sääliä.

Meillä on kyllä mennyt hyvin enkä ole mitään vailla. Toivon silti, että olisin saanut tutustua isääni kunnolla. Vaikka äitini tekeekin käytännössä molempien vanhempien roolit, talossamme kaivattaisiin miestä. Minua ei haittaisi, jos äitini tapailisi jotakin. Se tekisi varmasti hyvää hänelle. Olen sitä joskus yrittänyt ehdottaakin, mutta joka kerta hän sanoo että näin on hyvä olla.

Laitoin ostoksia jääkaappiin. Yritin kysellä hänen kuulumisiaan. Mutta niin kuin joka päivä, hän vastasi pilkulleen samalla vanhalla lauseella: " Ihan hyvin". Olen pyytänyt häntä usein tarkentamaan, että mitä tämä ihan hyvin oikein meinaa. Hän ei ole ikinä osannut perustella muuta kuin sanomalla, että töissä meni hyvin, eikä sitä muilla sanoilla voi oikein kuvailla. Ihan sama. En aio tehdä kuin hän, vaan kertoa juurta jaksaen koulupäivistäni. Kiinnostavat häntä juttuni sitten tai eivät. Haluan, että minua kuunnellaan ja että saan kerrotuksi asiani, jotka haluan kertoa.

Kauppakassien tyhjäämisen jälkeen menin huoneeseeni. Laitoin korvakuulokkeeni korvilleni ja aloin kuuntelemaan musiikkia. Olisi aika unelmaa osata tehdä hyvää musiikkia. Se on minulle vain ihan mahdotonta, sillä ensinäkin en osaa laulaa, soittaa tai miksata tietokoneella. Rakastan laulaa, mutta en vain osaa. Ääneni on ihan surkea. Minua aivan nolottaa laulaa. Osaan paljon kaikkea, mutta ainoa asia jota oikeasti haluaisin osata, on laulaa.

Minulla oli paljon energiaa nukkumisen jälkeen. Halusin tehdä jotain, mutta en tiennyt mitä. Muistin, että minulla oli jäänyt kirja kesken. Etsin kirjaa pöydältäni. Luulin jättäneeni sen sinne. En löytänyt sitä mistään. Päätin samalla siivota koko huoneen jokaista laatikkoa myöten, sillä huoneeni oli ihan kaaoksessa muutenkin.

Istuin lattialle ja aloin penkomaan koulupöytäni kaappia, jossa suurin osa tärkeimmistä tavaroistani ja papereistani yleensä oli. Olin lähes varma kirjan olevan siellä, mutta hämmennyin kun sitä ei löytynyt edes sieltä. Tarkistin vielä yöpöytäni laatikon ja siivosin senkin. Pengoin kaikki laatikkoni, kaappini ja jopa sänkyni alta, mutta en löytänyt kirjaani. Olin sataprosenttisen varma, että en ollut lukenut kirjaani muualla kuin omassa huoneessani.

Istuin sängynreunalle. Minua ärsytti sillä kirja oli lainattu kirjastosta ja huomenna olisi viimeinen palautuspäivä. Olen saanut jo kirjastolta paljon sakkoja kirjojen myöhästymisestä, eikä minulla olisi varaa saada niitä enempää. Ajattelin varmuuden vuoksi tarkastaa olohuoneen ja keittiön. Katsoin sohvan kaikki mahdolliset väliköt ja tyynyt. Kirjaa ei yksinkertaisesti vain löytynyt. Keittiössäkään ei ollut, eikä äiti tiennyt kirjastani. En yleensä hukkaa tavaroita, joten yhden kirjan salaperäinen katoaminen ei ollut normaalia. Toivon, että saan löydettyä sen viimeistään huomenna, jotta voin palauttaa sen ajoissa.

Mitä minä nyt lukisin? Tuli sellainen olo, että olisi pakko saada jotain mielenkiintoista luettavaa. En jaksa juuri nyt lukea blogeja tai katsella videoita. Haluan lukea kirjaa.

Kapusin portaat ylös vintille siinä toivossa, että löytäisin jotain äidin tai isoäidin vanhoja kirjoja. Nostin eteeni ison pölyisen pahvilaatikon jossa luki mustalla tussilla "KIRJOJA". Puhalsin pölyt laatikon päältä. Avasin sen ja aloin selaamaan kirjoja. Jotkut olivat hyvin vanhoja, ja jotkut taas sellaisia, jotka olin jo joskus lukenut. Otin mukaani kolme hyvin paksua kirjaa. Päätin katsella niitä tarkemmin huoneessani, sillä vintillä oli todella tunkkainen ilma, eikä siellä pystynyt montaa minuuttia olemaan aivastelematta.

Kirjat olivat niin pölyisiä, etten pystynyt lukemaan edes niiden nimiä. Kävin putsaamassa kirjojen kannet pihalla, sillä en halunnut tuoda suurta määrää pölyä huoneeseeni tai ylipäätänsäkään sisälle.

Yhdessä kirjoista oli vanhoja satuja. Osa ihan tuttuja, mutta vieraampiakin löytyi. Ajattelin säästää kirjan kuitenkin, koska satuja on ihan mukava lukea. Juuri nyt halusin luettavaa pitkäksi aikaa. Toinen kirjoista oli romaani Romeosta ja Juliasta. Olin kuullut ja lukenut tarinan niin monta kertaa, etten millään haluaisi uudelleen sitä lukea. Kolmas, viimeinen huoneeseeni tuomista kirjoista oli todella vanha ja kaikkein huonokuntoisin. Kannet olivat lähteneet osittain irti ja sivuja irtoili ja varmasti osaa myös puuttui. Kirjan kannessa ei lukenut kirjan nimeä. Sisäkannessa sen sijaan oli jotain vanhanajan kaunokirjoituksella kirjoitettua tekstiä, josta en saanut selvää. Huomasin, että koko kirja oli käsinkirjoitettu. Joissakin sivuissa oli myös itse piirrettyjä piirroksia. Kirja vaikutti mielenkiintoiselta. Haluaisin lukea sitä, mutta en saa siitä selvää. Voisin pyytää äidiltä tai isoäidiltä apua sen lukemisessa. Jätin muut kirjat sängylleni ja menin äidin luokse. Hän oli tietokoneella maksamassa ilmeisesti laskuja. Näytin hänelle kirjaa ja kysyin, saako hän siitä selvää tai tietääkö hän kuka sen olisi kirjoittanut. Hän oli varma, että teksti oli hänen äitinsä käsialaa, mutta ei silti saanut siitä selvää. Hän käski minun mennä pyytämään isoäitiä kertomaan kirjasta. Se oli mielestäni hyvä idea ja päätin mennä käymään isoäitini luona ja kysellä kirjasta.

Otin punamustan reppuni ja pakkasin sinne kirjan, kuulokkeet, lompakon ja laturin. Ennen mummolassa käyntiä voisin hakea vaikkapa jäätelön. Menin eteiseen ja avasin oven. Aurinko paistoi ja linnut lauloivat. Oli täydellinen iltapäivä kävelylle ja jäätelölle. Pienen kävelymatkan jälkeen oikealla oli pieni kioski. Kioski oli ollut siinä niin kauan kuin jaksan muistaa. Siellä myytiin makeisia, jäätelöä ja virvokkeita. Hain kioskilta jäätelötuutin ja kävelin kohti isoäitini taloa. Se ei ollut kaukana ja sinne oli helppo kävellä. Mummollani on iso punainen vanha talo. Pienenä minua pelotti mennä sinne, sillä se näytti kuin kauhuelokuvan kummitustalolta. Talo vain on vanha eikä siihen sisälly hiirien lisäksi mitään pelottavia tarinoita tai traagista menneisyyttä. Ei ainakaan minun tietääkseni.

Kun olin pieni, kävin isoäitini luona melkein jokainen päivä. Hän tapasi kertoa minulle tarinoita lapsuudestaan ja siitä miten ajat olivat ennen. Kävin usein siivoilemassa hänen luonaan ja seikkailin hänen vintillään. Vintti oli aina täynnä kaikkia mielenkiintoisia tavaroita, muun muassa satukirjoja. Hänen satunsa eivät ikinä kertoneet prinsessoista ja prinsseistä. Ne kertoivat aina noidista ja taikuudesta. Hänen ansiostaan olen rakastunut fantasia kirjoihin ja elokuviin.

Isoäidin naapurissa vieraili kesäisin yksi ikäiseni tyttö, kenen kanssa tapasin leikkiä ja viettää aikaa. Hänen tätinsä asui siinä. Täti muutti toiseen kaupunkiin, mennessäni kouluun. En ole ollut tytön kanssa yhteyksissä sen jälkeen, kun hänen tätinsä muutti. Muistan silti kaikki hauskat leikkimme. Usein mietin, että mitähän hänelle kuuluu. Uskoisin, että ihan hyvää.

Isoäidin pihassa on aina ollut kaksi isoa ja vanhaa omenapuuta. Puu tuotti joka vuosi todella paljon suuria punaisia omenoita. Saamme niitä aina monta sangollista. Tänä kesänä en ollut kerinnyt käydä isoäidin luona, kuin kerran. Hän on silti käynyt luonamme monta kertaa.

Hän on ollut huolissaan omenapuistaan, sillä tänä vuonna ei ole tullut vielä yhtään omenaa puuhun. Toivoimme, että omenat tulisivat viimeistään syksyllä. Isoäitini mielestä on todella pahaenteistä ja huonoa, kun hänen puihinsa ei tule yhtään omenaa. Viimeksi, kun hänen puihinsa ei ole tullut omenoita, isoisäni kuoli sinä vuonna. Itse uskoin sen olevan sattumaa. Isoäitini on hieman taikauskoinen, joten hän on ollut erittäin varuillaan tänä kesänä.

Kuuntelin musiikkia kuulokkeistani. Kuulokkeista soi juuri suosikki kappaleeni. Laulussa laulettiin elämästä ja kesästä. Olin soittanut sitä koko kesän. Se sai aikaan ihanan kesäfiiliksen ja se sai minut pursuamaan elämäniloa, vaikka sitä jo muutenkin pursusin. Lauloin laulun mukana ja ajattelin upeaa kulunutta kesääni. Olin korttelin päässä isoäidin talosta. Toivoin, että omenoita olisi tullut. Vaikka olinkin juuri syönyt jäätelön, oli minulla hirmuinen nälkä. Laulu loppui. Olin juuri saapunut isoäidin talolle.

Hän istui pihakeinussa, joka oli päällystetty sinisellä tekstiilillä. Kankaassa oli vaaleansinistä kukkakuviota ja tummemmansinisiä palloja. Ennen päällyste oli vihreä, mutta ne vaihdettiin viimekesänä sillä kangas haisi pahalle ja siinä oli tummia läikkiä.

Isoäiti oli iloinen nähdessään minut, mutta kertoi heti murheissaan siitä, ettei omenoita ollut vieläkään tullut. Hän sanoi, että oli yrittänyt kaikkensa ja antanut puille lisäravinnetta ja jopa tuonut mehiläisiä niiden luo. Olin hieman pettynyt, etten saanut tuoreita omenia. Isoäiti pyysi minut sisälle ja meni keittiöön keittämään meille kahvia. Menin istumaan terassille. Hän toi kahvia ja pikkuleipiä terassin pöydälle.

Muistin, että minulla oli se kirja mukanani. Otin kirjan repustani ja näytin sitä isoäidille. Sanoin löytäneeni sen kotoa, mutta en tiedä, onko se päiväkirja vai jokin muu ja, etten saa selvää tekstistä. Hän otti kirjan yllättyneenä käteensä ja sanoi, että oli etsinyt sitä ikuisuuden. Hän kysyi minulta, että olenko lukenut sitä. Yritin huvittuneena kertoa, etten edelleenkään ole saanut käsialasta selvää ja toivoin hänen kertovan minulle, mitä siinä lukee.

Isoäiti kertoi, että kirjaan hän oli vain kirjoittanut tarinaa ollessaan nuori. Hän kertoi myös, että voi joskus lukea pieniä pätkiä, mutta ei koko kirjaa. Pyysin häntä aloittamaan lukemisen jo tänään. Hän myöntyi, mutta kehotti juomaan ensin kahvini. Join kahvin loppuun sillä välin, kun hän vielä siemaili omaansa. Katsoin miettien tyhjiä omenapuita. Jos

24

omenattomuudesta todella seuraa jotain kamalaa, niin mitä se voisi olla.

Kun isoäiti sai juotua kahvinsa, hän pyysi minua ojentamaan kirjan. Hän selaili sitä hetken. Varmaankin etsiäkseen sopivaa kohtaa luettavaksi. Hän kysyi, että paljonko haluan hänen lukevan. En ollut varma, että paljonko haluaisin kuulla, joten kohautin vain hartioitani.

Isoäiti aloitti:

Hän katsoi minua suoraan silmiin· Kuin hän olisi katsonut syvään sieluuni· Katsoin muualle ja, kun katseeni palasi häneen, hän katsoi edelleen minua· Hänen katseensa ei vain mennyt ohi· Hän vain tuijotti· Ei sentään silmät pullollaan· Katse oli lumoava· En halunnut katsoa muualle· Hänen silmänsä olivat katseenvangitsijat· Ne vangitsivat kyllä muutakin kuin katseeni· Kuin pelkkä katse olisi tarttunut sieluuni ja henkeeni ja koskettanut minua·

Hengitin hitaasti ja tuntui, kuin ajatus ei olisi enää liikkunut· Koko universumi pysähtyi· Ympärillä ei ollut enää mitään· Ainoastaan hänen katseensa, katsoen ajattomasti sieluuni· Olin varma, että jos pyörtyisin nyt, hän ottaisi minut kiin-ni· En ole vielä koskaan eläessäni pyörtynyt, mutta nyt jos ikinä pyörtyisin·

"Lopeta hänen peräänsä kuolaaminen jo!" Ystäväni veti minut luoksensa· Heidän mielestään minulla ei ole mitään mahdollisuuksia ikinä edes päästä juttelemaan hänelle· Kaikki tämä johtunee siitä, että hän on rikkaasta perheestä ja minä keskivertoisesta· Hän käy korkeampitasoista yksityiskoulua· Niin rikkaiden ei ole muutenkaan sopivaa jutella kaltaisillemme alempiarvoisille ihmisille· Tunsin välillämme kumman yhteyden· Se tapa kuinka hän katsoi minuun... Ei minua ole ikinä enne katsottu samalla tavalla· Lähdin hymy huulilla ystävieni kanssa takaisin kohti kotia· Olin luvannut mennä illalla vielä lapsenvahdiksi naapuriin·

"Jatkan huomenna lukemista, jos sopii?" Isoäiti lopetti. Nyökkäsin ja sanoin, että minun pitää lähteä kotiin. Jätin kirjan hänen luokseen. En saanut kirjasta oikein vielä mitään irti. Se ei vaikuttanut vielä kovin kiinnostavalta. Toivon, että se muuttuu mielenkiintoisemmaksi. Hän luki muutenkin erittäin lyhyen pätkän, mutta ei se haittaa.

Tarkastin, että repussani oli kaikki tavarani ja lähdin kotiin. Vilkutin portilta isoäidille. Minulla oli suuret odotukset kirjasta. Kello oli jo puoli seitsemän. Päätin mennä suoraan kotiin. Kävelin samaa reittiä takaisin kotiin, mistä olin tullutkin.

Luku 3. Loman loppu

Tämä on kesäloman viimeinen päivä. Kun koulut alkavat, saa nähdä taas kaikki ystävät ja ikävä kyllä myös opettajat. Loma on mennyt liian nopeasti, enkä jaksaisi palata kouluun. Toisaalta syksy on ihanaa aikaa. Kaikki muut ikäiseni pitävät kesästä eniten. Vielähän ei ihan syksy ole, mutta en malta odottaa sen todellista alkua.

Pidän syksystä siksi, koska luonto on täynnä erilaisia värejä. Puut ovat ruskan värisiä, metsät tuoksuvat ja sienet kasvavat. Kaikkein ihaninta on kuitenkin vain kävellä hiljaa luonnossa, katsella puita ja kuunnella lintuja.

Kesälläkin voi ottaa rennosti, mutta usein koko kesä kuluu juhlimiseen ja kavereiden kanssa olemiseen. Syksyllä pääsee arkeen taas kiinni, mutta silti saa nauttia säästä, luonnosta ja rentoudesta. Syksyllä mielestäni aistit heräävät henkiin.

Ensimmäinen koulupäivä. Kaikki yrittävät kovasti esittää, että ovat muuttuneet yhä kauniimmiksi ja upeammiksi kesän aikana. Huomiota yritetään hakea juuri ostetuilla hienoilla vaatteilla ja uusilla hiustyy-leillä. Onneksi löytyy kuitenkin niitäkin, jotka eivät niin välitä siitä, onko muodin kuumimmat ja halutuimmat vaatteet päällä. Tietenkin itse panostan koulun ensimmäisenä päivänä, mutten liikaa niin kuin toiset. En ymmärrä miksi, mutta ilkeistä meikkipelleistä kaikki tykkäävät. Noh, kaikkihan pitävät aina niistä suosituista tytöistä, joilla on mitäänsanomattomia mielipiteitä ja ilkeä tapa juoruilla muista. Huokaus. Aina ollaan suosion ja kauneuden perässä. Inhoan epäaitoja ihmisiä, jotka esittävät jotain, mitä eivät ole. Säälin ihmisiä, jotka eivät uskalla olla mitä ovat, koska eivät halua poiketa joukosta. Minunlaiseni ihmiset, jotka eivät ole niin suosittuja, jäävät usein heidän kaltaistensa ihmisten varjoon. Kaikilla on omat kaveripiirinsä ja kuulun itse ihan hyvään sellaiseen, johon pääsin sattumalta. Ainakin luulen kuuluvani. Hassua, sillä kukaan ei tiennyt minusta ennen, kuin tutustuin kaveripiirini ihmisiin. Olin vain se "ei kukaan" jostakin koulusta. Olen itse aina ollut se vähän erilainen, joka ei tiedä vielä kuka oikein on.

Ensimmäiset koulupäivät ovat usein hieman outoja, kun koulu ei ole vielä päässyt kunnolla alkuun ja uusiin aineisiin vasta tutustutaan. Tunteet ovat tällä hetkellä aika ristiriitaiset. En nimittäin jaksaisi kokeita, läksyjä, aikaisia herätyksiä ja pitkiä päiviä. Haluaisi vain nukkua pitkään ja olla rannalla kavereiden kanssa. Toisaalta odotan kunnon arkea, syksyä ja ihmisiä keiden kanssa en ole ollut kesällä. Positiivisin mielin sinne kouluun kuitenkin pitää mennä, ettei sitten masennu. Välillä sitä vaan toivoisi, että olisi vielä pikkutyttö, joka leikkisi vielä nukeilla ja istuisi päivät hiekkalaatikolla.

Voisin olla joka päivä mummolassa. Sitä tuntuu, että nuorempana haluttiin vanheta kokoajan nopeammin. Jälkikäteen ajatellen olisi vain pitänyt nauttia enemmän lapsuudesta. Tuntuu, kuin vasta hetki sitten oli sitä aikaa, kun jännitettiin ekaluokalle menoa. Nykyään elämä on vain vastuun lisäämistä ja vastuullisesti käyttäytymistä. On stressaavaa olla jo tässä iässä, seuraavaksi ollaan aikuisia ja pitää oppia pärjäämään. Niinhän se menee, että nuorena haluaisi olla vanhempi ja vanhana nuorempi. Nyt ollaankin jo menossa ysille! En varmaankaan saa edes unta. En tiedä miksi minua jännittää, mutta silti jännittää. On sellainen olo, että tapahtuu jotain odottamatonta, varmaankin juuri sen uneni takia.

Voisin jo mennä nukkumaan. Huomenna on aikainen herätys ja en haluaisi näyttää kuolleelta heti ensimmäisenä päivänä. Pitikin mennä juomaan isoäidillä sitä kahvia, sillä nyt ei väsytä yhtään. Jos en menisikään nukkumaan, vaan valvoisin koko yön. Kyllä. Tämä oli hyvä idea. Menin alakertaan keittämään kahvia ja hain lisäksi mehua jääkaapista ja tein itselleni voileipiä. Nousin portaat takaisin ylös ja otin tietokoneen syliini. Ryystin kahviani ja söin leipiäni. Jämähdin katsomaan vanhaa TV -sarjaa tietokoneeltani. Väsy alkoi kahvista huolimatta tulla, vaikkakin vasta kolmen maissa yöllä. Nukahdin.

Avasin silmäni· Heräsin kokonaan valkoisesta huoneesta, sängyltä· Jokainen asia huoneessa oli valkoista· Huoneessa ei tosin ollut muuta, kuin sänky ja minä· Nousin istumaan sängyn reunalle· Katselin ympärilleni· Näin oven· Kävelin hitaasti huoneen läpi ovelle· Matka ei ollut pitkä sillä huone oli erittäin pieni·

Avasin oven· Ovi vei toiseen huoneeseen· Sekin huone oli ollut joskus valkoinen· Huoneessa oli joka puolella verta ja lattialla iso särkynyt peili· Huoneessa oli sänky, mutta sänky ei ollut tyhjä· Sängyllä makasi kuollut nuori nainen· Hän oli yltä päältä veressä· Hänen kurkkunsa oli auki· En uskaltanut koskea häneen·

Yritin olla astumatta peilin sirpaleisiin ja kävelin seuraavalle ovelle· Seuraavassa huoneessa seisoi tumma hahmo· Hän oli selin minuun päin· Hän seisoi jähmettyneenä· Menin hänen luokseen· Laitoin käteni hänen olkapäälleen· Hän oli kylmä· Kysyin "Kuka olet?" Mutta hän ei vastannut mitään· Menin hänen eteensä ja näin hänen kasvonsa· Kiljaisin· Hän oli kasvoton·

Lähdin juoksemaan takaisin edelliselle ovelle...

Luku 4. Se

Heräsin herätyskelloni ääneen. Kello oli seitsemän ja minulla oli noin puolisen tuntia aikaa valmistautua ja lähteä kävelemään koululle. Olin ihan väsyksissä, mutta oli aika nousta.

Nousin pukemaan. Minua ei ollut mitään hajua, mitä edes pukisin päälleni. Päädyin kuitenkin tuttuun ja turvalliseen: mustat housut ja musta huppari topin kanssa. Menin alakertaan laittamaan aamupalaa. Äiti oli juomassa kahvia ja lähdössä juuri töihin. Hän oli jättänyt kahvinkeittimen päälle. Kaadoin itselleni kuppiin loput kahvit mitä häneltä oli jäänyt. Sammutin keittimen. En ollut yhtään nälkäinen, mutta jotain oli pakko syödä. Otin vain suullisen jogurttijuomaa.

Nousin portaita takaisin ylös. Hiukseni olivat aivan kamalasti. Otin parhaimman aseeni esiin. Nimittäin suoristusraudan. Laitoin sen päälle ja sen lämpenemistä odotellessa harjasin hiukseni. Aloin suoristamaan oranssinpunaista pehkoani. Mahtavaa, näytän aivan kamalalta ensimmäisenä päivänä. Vaikka hiukseni olivat jokseenkin suorat, eivät ne näyttäneet yhtään siltä, kuin pitäisi.

Laitoin hiukseni väliaikaisesti kiinni, jotta ne eivät kastuisi. Huuhtelin vedellä kasvoni. Kuivasin naamani ja hengitin syvään. Ihoni kunto oli ihan okei, joten päätin laittaa vain hieman ripsiväriä. Avasin hiukseni. Katsoin kelloa. Se oli melkein puoli. Kerkeäisin nopsasti pedata sänkyni ja tyhjätä reppuni turhasta tavarasta ja lähteä. Laitoin maiharini jalkaani ja lähdin. Olin pian koulun edessä. Siinä vain seisoin ja tuijotin suurta, korkeaa ja valkoista kouluamme.

Askelsin kohti luokkaa, missä viettäisin lukukauden ensimmäisen tunnin. Kädet hikoilivat ja jalat tärisivät. Edelleen minua jännitti, enkä vieläkään tiedä kunnon syytä, miksi minua näin jännittää. Mietin molempia uniani. Ne olivat ihan outoja. Ensimmäinen uneni minua silti enemmän kiehtoi. Mietin myös samalla isoäidin omenapuita. Jotain tapahtuisi varmasti.

Astuin sisälle luokkaan. Näin ystäväni ja menin halaamaan heitä. Juttelin ensin parhaimpien kavereitteni kanssa, mutta sitten silmääni pisti jotain. Luokassa on uusi poika. Kukaan ei tuntunut olevan kiinnostunut hänestä. Hänelle ei juteltu. Mietin, kuka ihme tämä uusi poika on ja mistä? Hän ei näyttänyt ihan tavalliselta pojalta. Hän ei voinut olla täältäpäin. Hänellä oli kalpea iho, säteilevä hymy, tummat hiukset ja ehkä hieman kalliin näköiset vaatteet. Hänen ihana hymynsä oli jotain, mitä en ollut ennen nähnyt, jotain niin sydämen sulattavaa. Mikään ei ollut yhtä hengityksen hidastavaa, kuin hänen upea hymynsä. Se oli jotain taianomaisen salaperäistä, jopa hieman ujon näköinen hymy.

Minun olisi pakko päästävä mahdollisimman pian juttelemaan tälle salaperäiselle pojalle. Mieleeni tuli taas uneni. Olikohan tämä poika se, joka tulee muuttamaan kaiken?

Luokanvalvoja tuli luokkaan ja kyseli kesän tekemisistämme ja valitsemistamme valinnaisaineista. Jokaisen piti kertoa jotain kesästään. Istuimme pulpeteillamme ja luokanvalvoja kävi jokaisen vuorollaan läpi. En keskittynyt tilanteeseen. Nojasin käsiini ja katsoin vierasta poikaa. Tuli vuoroni. Kuulin luokanvalvojan hokevan nimeäni. Säpsähdin ja sanoin "Mitä?". Luokkalaiseni ryhtyivät nauramaan. Selitin hyvin pienieleisesti kesästäni. Kerroin vain olleeni ystävieni kanssa.

Nyt yritin tosissani kuunnella muiden tekemisiä. Moni oli tehnyt vaikka ja mitä lomalla, mutta tietty oli myös niitä, ketkä eivät olleet mummolaa kauempana käyneet. Odotin mielenkiinnolla uuden tyypin vuoroa kertoa kesästään, mutta häneltä ei kysytty mitään. Olisin kovasti halunnut kuulla mitä tuon näköinen tyyppi on lomillansa tehnyt. Vaikea tapaus sanoisinko. Kaikki pitää yrittää päätellä ja selvittää itse.

Tuijotin kelloa. Loppuisipa tunti jo. Haluan kysellä muilta tästä tyypistä ja mennä juttelemaan hänelle.

Tuntui, kuin kello olisi pysähtynyt. Aika kului todella hitaasti. Jokainen minuutti tuntui ihan kuin tunnilta. Suunnilleen rukoilin, että pääsisimme aikaisemmin välitunnille.

Välitunti alkoi. Yritin päästä puhumaan tälle uudelle tyypille, mutta hän oli kadonnut. Päätin mennä kysymään ystäviltäni hänestä. Meillä on ollut aina tapana olla välituntisin eräiden portaiden luona, koska siellä on mukavasti kaikille istumapaikkoja. Paikka oli vain kerroksen alempana. Juoksin portaat alas ja yritin olla loukkaamatta nilkkaani. Olen usein taittanut nilkkani juuri näissä portaissa. Pystyin jo näkemään ystäväni. Tosin muutama tyyppi puuttui, sillä he olivat menneet jo jatko-opintoihin. Pitäisi yrittää tämä viimeinen vuosi olla ilman heitä.

Kysyin heiltä olivatko nähneet sitä uutta tyyppiä, muttei kukaan ollut. En aluksi meinannut uskaltaa kysellä heiltä hänestä. Ystäväni tuntevat minut liiankin hyvin. He tietävät, että yritän leikilläni iskeä suunnilleen kaikkea elävää. Mutta en usko heidän ymmärtävän, että hänessä oli sitä jotain ja halusin tietää enemmän. Yritin miettiä miten voisin varovasti kysellä hänestä ilman ylimääräisten kommenttien saamista.

Kyselin ystäviltäni, että mitä he jo tietävät uudesta pojasta, mutta kukaan ei tietänyt mitään. Istuin käytävällä ja mietin uniani. Olen ennenkin nähnyt paljon outoja unia, mutta en näin aktiivisesti. Ystäväni juttelivat kaikesta, mutta en jaksanut kuunnella heitä. Mietin uutta poikaa. Voisin pyytää vaikkapa jotain ystävistäni kanssani etsimään häntä. Voi ei. Kellot soivat. Se taitaa olla hieman liian myöhäistä. Onneksi näen hänet kuitenkin tunnilla. Seuraava tunti on kolmannessa kerroksessa, mutta olen tällä hetkellä alimmassa. On aika pistää juoksuksi ja kipittää portaat ylös. En usko, että olisi kovinkaan tunnollisen oppilaan tapaista saada tunnilta myöhästymisen jo ensimmäisenä koulupäivänä. Mutta tuskin opettajat myöhästymisiä jo ensimmäisenä koulupäivänä antavat.

Hän ei tullut tunnille. Se oli vähän outoa. Mihin noin vain joku voisi kadota? Kävikö hänelle jotain? Mielessäni pyöri satoja mietintöjä, että mitä hänelle olisi voinut käydä. Hän tunkeutui mieleeni väkisinkin.

Opettaja jakoi meille tämän lukuvuoden kirjat ja vihot. Hän ei ollut rennolla tuulella. Saimme alkaa heti tekemään tehtäväkirjan tehtäviä. Opettajamme oli varsinainen tiukkapipo. Hänellä oli erittäin pitkä ja vaikea sukunimi jonka harva edes muistaa, ja etunimi oli liian tylsä joten koko koulu kutsuu häntä vain nimellä tiukkis. Luokassa häntä nimitetään vain opeksi. Tiukkis on huumorintajuton vanha nainen, joka antaa aina hirveästi tehtäviä ja kotiläksyjä. Ihanaa, tätä olinkin jo koko kesän odottanut. Tuota en kyllä uskonut itsekään.

Olin ikkunapaikalla. Yritän aina päästä ikkunan viereen, ja mieluiten takariviin. Mielestäni on ihana rentouttavaa kesken tylsän tunnin katsoa pihalle. On siellä sitten millainen sää tahansa. Joka kerta on ihana katsoa ulos. Saa nähdä mitä koulurakennuksen ulkopuolella tapahtuu ja missä voisi olla.

Poika vaivasi minua. En edistynyt tehtävissäni yhtään. Piirtelin vain tähtiä ja kiekuroita tehtäväkirjani takakanteen. En edisty.

Viimeiselle tunnille hän kuitenkin tuli. Nyt on mahdollisuuteni päästä puhumaan hänelle, mietin. Mitä muka sanoisin hänelle? Pitää yrittää keksiä jotain järkevää sanottavaa. Kun olin vielä miettimässä, huomasin, että kävelin jo hänen luokseen. En tiennyt mitä sanoa, mutta kysyin silti ihan yksinkertaisen kysymyksen joka vaikutti sopivalta kysyä.

Menin hänen luokseen ja kysyin, että missä hän oli ollut. Noin sainhan sanottua edes jotakin. Hän vain vastasi, että oli kiireitä. Ihmettelin miten joku voi ajoittaa kiireensä keskelle ensimmäistä koulupäivää vieläpä uudessa koulussa. Menin lukkoon hänelle puhuessani. Seisoin vain tuppisuuna hänen edessään, enkä koskaan lamaannu tuolla tavalla. Ennen kuin hän kerkesi enempää sanomaan, livistin pois tuosta hieman epämukavasta tilanteesta.

Mitä ihmettä? En ikinä ole jäänyt tuolla tapaa hiljaiseksi. Yritin jatkaa loppu koulupäivän ihan normaalisti, vaikka hän olikin mielessäni. Yritän keksittyä kerrankin opiskeluun ja aloittaa tämän vuoteni panostamalla. Unohdan sinut nyt koko loppu viikoksi. Ainakin yritän.

Pudistin päätäni ja puhuin mielessäni itselleni. Hänen välttelynsä alkakoon. Hyvin se meni, koska oli niin paljon muutakin ajateltavaa. Koulun loputtua lähdin kävelemään kotiin päin. Yhtäkkiä joku huusi perääni. "Muuten, et kertonut nimeäsi!". Huusin takaisin: Minttu! Ja naurahdin. Kummallisinta oli, että hän vastaukseni jälkeen vielä lisäsi ja sanoi: Onpas kaunis nimi. Kysyin vielä hänen nimeään ja hän vastasi sen olevan Sebastian. Punastuin ja nopeutin kävelytahtiani. Päästyäni kotiin minun oli pakko päästä selvittämään ajatuksiani metsään. Taloni oli vain parin sadan metrin päästä metsästä. Siellä menin vain istumaan vakiopaikalleni eräälle puulle ja kirjoittamaan päiväkirjaa. Kuka ihme oli tämä kummallinen hurmuri Sebastian? Hän oli kuin vaahteran lehti, muuttaa väriään eli persoonaansa kummallisesti.

Aluksi hän vaikutti rikkaan perheen pojalta, jolla oli hieman ujo hymy, mutta sitten hän paljastuikin "kiireelliseksi". Hän ei todellakaan ollut ihan tavallinen poika. Tuo on liian kummallista minun pienille aivoilleni. Minun on saatava selkoa tuosta pojasta. Hän on niin erilainen, kuin muut. Hän on kuin kuu ja muut pojat kuin aurinkoja. Teen taas mieleeni ennakkoluuloa, vaikka en yleensä niitä tee! En edes tunne häntä, joten en voi ajatella näin. Toisaalta hän on kyllä aika mielenkiintoinen ja on jännittävää tutustua häneen ja hänen oikeaan persoonaansa. Millainen hän oikeasti on? En aio enää yhtään johtopäätöstä hänestä tehdä. Ehkä hän vain esittää jotain mitä ei ole.

Toisaalta saattaa olla, että hän yrittää tahallaan saada muiden päät sekaisin ja hakea huomiota. Tai hän saattaa vain viattomasti olla tuollainen. Ei koskaan voi tietää mitä muiden päässä liikkuu. Varsinkaan, kun en ole varma edes siitä mitä omassa päässäni on meneillään. Olisi paljon selkeämpää ja helpompaa, jos hän valitsisi yhden näistä persoonistaan ja olisi sitä. Sitten hän taas ei välttämättä olisi enää niin mielenkiintoinen. Mutta se vain olisi niin härnäävää, jos hän yrittämällä yrittää olla erilainen ja mielenkiintoinen.

Ehkä minun pitäisi vain ohittaa koko ihminen eikä ottaa mitään riskejä. Olen ihan onnellinen näidenkin ihmisten ympäröimänä, ketkä ovat jo osa kaveriporukkaani. En tarvitse ketään ylimääräistä mukaan.

Hetken aikaa metsässä oltuani lähdin kotiin. Minulla oli kauhea nälkä ja minun piti tehdä paljon hommia kotona. Oli siivottavaa, uusien koulukirjojen päällystämistä ja lukujärjestyksien tekeminen. Sebastian oli kuitenkin kokoajan mielessäni. Ihan, kuin hän olisi oikein yrittänyt tunkeutua kokoajan mieleni sisälle. Hän oli niin mielenkiintoinen koulussa. Vai oliko hän edes. Ehkä minä itse luon alitajunnassani hänestä itselleni tietynlaisia mielikuvia, että millainen hän on ja mitä hän aikoo.

Äiti oli iltavuorossa, joten olen kymmeneen asti yksin kotona. Nälkä oli suuri, minun oli pakko alkaa tekemään ruokaa. Katsoin jääkaappiin. Minua laiskotti suunnattomasti, joten otin vain mikropitsan ja lykkäsin sen mikroon minuutiksi. Otin koulukirjani ja päällystin niitä kontaktimuovilla samalla syödessäni halpaa ja pahaa mikropitsaa. Aloin siivoilemaan, mutta tylsyys otti vallan minusta. Soitin isoäidilleni ja pyysin hänet meille kahville ja lukemaan.

Olin naapureideni luona· Naapurinlasten vanhemmat olivat lähteneet illanviettoon ja olin luvannut katsoa heidän lastensa perään muutaman tunnin· Istuin vain lattialla ja katsoin, kun perheen kaksi lasta leikkivät nukeilla lattialla· Alkoi olla myöhä ja laitoin lapset nukkumaan· Lapset nukkuivat levollisesti· Oli aikaa joten menin ulos istumaan ja katsomaan auringonlaskua· Se oli hurjan kaunis· Taivas oli värjäytynyt punaisen kaikkein kauneimpiin sävyihin· Istahdin ihailemaan tätä kauneutta terassilla olevaan keinutuoliin· Oli tyyntä· Koko ympäristö oli rauhal-

43

linen· Mistään ei kuulunut mitään meteliä eikä missään näkynyt ketään· Silti tunsin kuinka joku olisi ollut lähelläni· Kuin joku olisi hengittänyt vierelläni· En nähnyt ketään tai kuullut mitään· Silti minusta vain tuntui siltä· Niin vahvasti minusta tuntui.

Illalla yritin mennä jo varhain nukkumaan, että yö kuluisi nopeammin. Räpläsin kokoajan puhelintani, koska en saanut millään unta. Laitoin puhelimen pois. Mietin vain kokoajan Sebastiania. Katsoin puhelimeni kelloa, ja huomasin sen olevan jo puoli kaksi yöllä.

Minun on vain pakko yrittää. En halua olla väsyneen näköinen koulussa. Katsoin taas uudelleen kelloa, ja yritin saada unta. Kuulin, kun kello tikitti. Ärsyttävä ääni. Kuulin kaikki pienetkin äänet mitä talosta tai pihalta kuului. Vaikka kukaan ei puhunut, talosta tuntui kuuluvan niin paljon ääniä: ilmastointilaite, kello, jääkaappi, astianpesukone ja kaikkea muuta. Onneksi sitten viimein nukahdin kaikista häiriöntekijöistä huolimatta.

Luku 5. Normaaliako?

Toisena koulupäivänä Sebastian tuli luokkaan myöhässä. Onko hän lintsaajan lisäksi myös myöhästelijä? Opettaja ei edes huomannut hänen tuloaan luokkaan. Uudelle oppilaalle halutaan varmaan antaa enemmän mahdollisuuksia. Vein tunnin jälkeen koulukirjat kaapilleni ja sattumalta juuri Sebastianin kaappi oli minun kaappini vieressä. Oli vähän kiusallista mennä hänen viereensä kaapille. En saanut kaappiani auki, koska lukkosysteemi takkuili. Sebastian tuli viereeni tarjosi apuaan ja avasi kaappini. Hän sai sen näyttämään liian helpolta, että tunsin itseni tyhmäksi. Kiitin häntä, mutta hän vain hymyili.

Ennen kuin hän lähti kaapiltaan, yritin varovaisesti kysyä, että kenen kanssa hän menee syömään. Hän kertoi, ettei tiedä vielä. Pyysin hänet syömään minun ja ystävieni kanssa. Hän lupasi tulla. Hän pisti kaappinsa oven kiinni ja hymyili vielä kerran. Sitten hän lähti kävelemään poispäin.

Ruokatunnilla Sebastiania ei kuitenkaan näkynyt. Kadehdin hänen kiireisyyttään ja salaperäisyyttään. Koen itseni hänen rinnallaan niin tylsäksi. Noh, ihmiset ovat erilaisia. Olisi silti niin kiehtovaa elää kuin hän. Hän on niin kovin mystinen. Menin syö-

mään ystävieni kanssa samaan pöytään. Kaikki sur-
kuttelivat siitä, että meidän hyviä kavereitamme oli
vaihtanut jo koulua jatko-opintoihinsa. Onhan kou-
lussa vähän tylsää syödä ja olla ilman heitä. Mutta
onneksi, heitä saa nähdä sitten vapaa-ajalla.

Joskus vain olen hiljaa ja katselen ystäviäni. Olen
niin kiitollinen heistä. He ovat mahtavaa ja luotetta-
vaa porukkaa. En tiedä mitä tekisinkään ilman heitä.
Koko ala-asteen elin lähes ilman ystäviä, joka oli
aika kurjaa. Tietty minulla oli muutama ihana ystä-
vä. Mutta eivät hekään aina olleet kotona. Käytän-
nössä olin aina yksin kun ystäväni olivat reissussa
tai muuta vastaavaa. Sen takia, kun on ollut pienem-
pänä niin paljon yksin, arvostaa sitä mitä nyt on saa-
nut.

Kun tunti alkoi, huomasin että myös Sebastian oli
saapunut luokkaan. Hän vain hymyili ja kirjoitti jo-
tain. Katsoin häntä. Hän katsoi takaisin. Ne silmät
olivat jotain kultaa arvokkaampaa. En ollut aikai-
semmin nähnyt niin syvän tummia silmiä. Hänessä
oli jotain niin uniikkia. Ei pelkkä ulkonäkö, vaan se
miten tunnen hänet. Hänen lähellään menen niin
kummalliseksi. En ole ikinä tuntenut näin. Mitä tämä
oikein on?

Luku 6. En tiedä itsekään

Avasin silmäni· Tunsin hukkuvani· Nousin istumaan· Olin kylpyammeessa· Ammeen vesi oli mustaa· Katsoin käsiäni· Vesi oli värjännyt ihoni harmaaksi· Katselin ympärilleni· En ole nähnyt tätä huonetta· Tämä ei ole kyllä meidän kylpyhuoneemme· Seinät oli kaakeloitu valkoisella neliökaakelilla·

Minua ahdisti suuresti· Huoneessa ei ollut ovea eikä ikkunaa· Vesi oli kylmää· Yritin avata hanaa, jotta saisin lämmintä vettä· Hana oli erittäin tiukasti kiinni ja sitä oli vaikea avata· Käytin kaiken voimani, jotta saisin hanan auki· Vedin vipua ja se irtosi· Hana kyllä aukesi· Sieltä tuli mustaa paksua vettä· Yritin pistää irto-osaa takaisin pakoillensa· Vettä tulvi jo yli ammeen·

Olin ihan paniikissa· En saanut irto-osaa paikoilleen· Huusin apua· Ketään ei näkynyt tai kuulunut missään· Epätoivoisesti etsin uloskäyntiä huoneesta· Löin seiniä ja lattiaa· Pistin käteni ammeeseen ja tutkin löytäisinkö sitä juttua, mikä tukkii viemärin· Jos voisin poistaa sen, vesi valuisi viemäriin ja pois ammeesta· Vaikka kuinka etsin, sitä ei löytynyt·

Lattialla oli jo polviini asti mustaa vettä· Kuin sitä olisi tullut lujempaa vauhtia· Huusin uudelleen itkien apua· Pian huomaamattani vettä oli lähes kattoon asti· Yritin napata happea· Vesi oli kymmenen sentin päässä katosta· Mutta yhtä äkkiä veden tulo lakkasi· Tuli aivan hiljaista· Sitten jokin tarttui jalkaani ja veti minut pinnan alle·

Taas koulua. Sebastian katsoi minua salaperäisesti tunnilla. Hymyilin hänelle käteni alta. Hänkin hymyili minulle ja iski silmää. No just. Älä edes yritä. Hän on olevinaan niin jotakin. Onkohan tuo edes aitoa?

En ollut aamulla kerinnyt syödä aamupalaa, joten pääni oli kipeä ja minua väsytti. Kiinnostukseni koulusta oli muutenkin juuri tänä päivänä alhaalla. Käperryin pulpetilleni. Loppuisipa koulu jo. Voisin käydä vaikka kaupassa ostamassa jotain hyvää. Voisin vaikka ostaa suklaata, sipsiä ja katsoa jonkun elokuvan kotona. Se voisi olla jokin jännitysleffa.

Kesken puoliunisen ajatteluni, opettaja kysyi minulta, että mihin lajiin osallistun tulevissa yleisurheilukisoissa. Olin hämilläni koko tilanteesta. En ollut kuunnellut sanaakaan, mitä opettaja oli tunnilla puhunut. Heitin vain ensimmäisen lajin mikä mieleeni tuli. "Osallistun juoksuun". kaduin jo lauseeni ollessa kesken sanomaani. Olen maailman surkein juoksija. Itse asiassa olen surkea kaikessa urheilussa.

Sillä hetkellä toivoin todella olevani jossain muualla, kuin siinä. Sillä hetkellä todella halusin kotiin, ja toivoin ettei koko asiaa olisi tapahtunut. Toisaalta, eihän se nyt niin paha moka ollut. Kai minä siitä yhdestä pienestä juoksupätkästä selviän. Mutta haluaisin silti niin kovasti vain lintsata koko homman. Se ei vain olisi yhtään tyylistäni.

Koulupäiväni viimeisemmällä tunnilla oli valinnais-aineita. Olin valinnut kuvataiteen. Sebastian oli myös siellä. Aiheenamme oli piirtää lyijykynäpiir-ros. Sen piti olla realistinen piirros ihmisen kasvois-ta. Rakastin realistista piirtämistä, joten se oli minun juttuni.

Aloitin perusjutuista. Ensin vain hento pallo, jonka päälle aletaan luoda muotoja ja varjoja. Kun olin saanut hahmottelun valmiiksi, menin hakemaan te-roitinta. Katselin samalla muiden töitä.

Katsoin lumoutuneena Sebastianin olan yli. Hänen piirroksensa oli paras mitä olin ikinä nähnyt. Hän oli työssään jo todella pitkällä, vaikka muut vasta aloit-telivat. Kun katsoin hänen piirrostaan, tuntui kuin olisi katsonut mustavalkoista valokuvaa. Hänen piir-roksessaan oli todella kaunis nuori tyttö pitkillä kau-niilla hiuksilla. Kaikki varjostukset olivat kohdil-laan.

Hän teki hentoja ja pitkiä vetoja kynällänsä. Hänen työskentelynsä oli todella nopeaa, mutta niin täynnä intohimoa. Hänen ilmeensä oli tyyni, mutta hänen suunsa oli hassusti. Hän oli todella keskittynyt työ-hönsä, ettei edes huomannut minua. Kadehdin hänen taianomaisia taitojaan ja intohimoaan työskentelyän-sä kohtaan.

Kun olin hakenut teroittimen, ja teroittanut kynäni katsoin työtäni. Se oli ihan hirveä Sebastianin omaan verrattuna. Hänen työnsä oli jotain aivan uskomaton-ta. Se oli niin täydellinen. En kuitenkaan luovutta-nut, vaan jatkoin työtäni.

Kuvataiteen tunnit tuntuvat aina kuluvan turhan no-peaa. Ennekuin huomasinkaan, oli jo koulu ohi. Lähdin kävelemään kotiini päin. Päätin, että voisin mennä käymässä isoäidin luona. Hänellä on varmasti jotain piirakkaa leivottuna. Minulla ei ollut edes rahaa käydä ostamassa suklaata, joten isoäidin ma-keat piirakat kuulostivat aika houkuttavalta.

Menin isoäidin luokse. Hän ei ollut kotona. En us-konut, että hän olisi kauaa poissa, joten jäin odotte-lemaan häntä. Olin väsyksissä koulupäivästä, joten menin makaamaan pihakeinulle.

Heräsin äitini puhelinsoittoon. Kello oli jo kuusi ja hän kyseli, että missä olen. Kerroin olevani isoäidillä ja, että nukahdin pihakeinuun. Huomasin, että isoäiti ei ollut vieläkään tullut kotiinsa. Sanoin äidille, että odottelen vielä hetken ennen kuin palaan kotiin.

Nousin istuma-asentoon. Oli kummallista, että isoäi-ti ei ollut vieläkään tullut kotiinsa. Kiersin ajanku-lukseni talon ympäri ja kurkistelin talon sisään. Hän-tä ei näkynyt missään. Jos hän olisi tullut kotiin, olisi hän minut herättänyt. Noh, ehkä huomenna on pa-rempi tuuri. Huokaisin syvään ja lähdin kävelemään kotiin päin.

Kun tulin kotiin, söin äidin tekemää ruokaa. Ruoka ei oikein maistunut, koska stressasin tulevia jokavuotisia yleisurheilukisoja. Inhoan urheilua. Se ei ole luotu minua varten. Pidän enemmän itsenäisestä ja rauhallisesta työskentelystä, sellaisesta mikä ei ole fyysisesti rankkaa, eikä itseään tarvitse pakottaa mihinkään.

Menin vähäisen syömiseni jälkeen yläkertaan. Koska oli kaunis ilta, menin yläkerran parvekkeelle tekemään läksyni. Parveke on tavallaan omani, koska sinne pääsee vain minun huoneestani. Se on ihana paikka. Rakastan sitä. Siellä on ihana rauhoittua ja katsella näkymiä. Talvisin pistän siihen linnuille syöttejä, jotta voin kuvailla pikkulintuja omasta huoneestani.

Onneksi läksyjä ei ollut paljoa, joten sain ne nopeasti tehtyä. Yritin mennä aikaisin nukkumaan, jotta olisin aamulla virkeänä. Olin jo valmis mennäkseni nukkumaan. Asetuin sängylleni ja aloin nukkumaan. Uni ei tosin meinannut millään tulla, sillä nukuin päiväunia isoäidillä. Otin puhelimeni ja selaisin kuvia tylsyyteeni.

Katsoin kelloa. Oli jo todella myöhä. Äitinikin varmaan jo nukkuu. En ollut huomannut ajan kulua puhelimeni takia. Kuulin parvekkeeltani kolinaa. Lintuja, ajattelin. Menin silti katsomaan. Olin täynnä energiaa, ja minusta tuntui, että olisin voinut lähteä vaikka lenkille.

Ulkona ei ollut mitään. Ainoastaan hento tuuli, ja usvaa. Jäin istumaan parvekkeelle, sillä ei minulla ollut muutakaan tekemistä. Katselin taivaalle. Niin kaunista. Sitä tuntee itsensä niin pieneksi ja mitättömäksi, kun ajattelee maailmankaikkeutta. Ihmiskunnan olemassaolo on niin turhaa. Olemme kaikki niin turhia tässä maailmankaikkeudessa. Mitä me edes teemme täällä? Synnymme, menemme kouluun, jotta voisimme mennä töihin. Menemme töihin, jotta saisimme rahaa elääksemme. Jäämme eläkkeelle ja kuolemme.

Onhan elämä kaikkea muutakin. Mutta niin se kaava vain menee. Mitätön ja turha kaava. Ehkä olisi minunkin aika mennä nukkumaan. Jotta voisin herätä aamulla opiskelemaan, jotta voisin mennä töihin ja kuolla. Masentavaa eikös? En tiedä itsekään.

Luku 7. Kiva, kun kävit

Heräsin aamulla pirteän vastakohtana. Minun oli pakko päästä suihkuun virkistykseksi. Olin kuitenkin ihan hirveän sekavana. Huomasin olevani suihkussa sukat jalassa ja huomasin myös pistävänäni vartalolle tarkoitettua suihkugeeliä hiuksiini. Onneksi kukaan ei ole näkemässä tätä.

Lähdin aamutoimieni jälkeen kauhealla kiireellä kouluun. Olin myöhässä tunnilta. Näytin aivan räjähtäneeltä. Ainakin virkistyin. Lähdin juosten kouluun. Sainkin pientä kuittailua luokkalaisiltani myöhästymisestä.

Kaikki hehkuttivat onnessaan pian tulevista kisoista. Tunsin olevani koulun ainoa epäurheilullinen ihminen. Olin oikeasti varmaan ainoa, jota ei yhtään yleisurheilukisat kiinnostanut. Ihailen kyllä heitäkin ihmisiä, joilla on suuri intohimo urheilua kohtaan. He tekevät kaikkensa päästäkseen tavoitteisiinsa ja parantuakseen. Oikeastaan ihailen kaikkia ihmisiä, joilla on suuri intohimo jotakin asiaa kohtaan. Heitä, keillä on intohimo tekemistään kohtaan uskovat itseensä. He tekevät kaikkensa oman juttunsa vuoksi. Kadehdin sellaisia ihmisiä. En ole löytänyt sitä omaa suurta intohimoani vielä. En ole esimerkiksi harrastanut mitään pienestä pitäen. Se minua sinänsä harmittaa. Aloitin pienenä kaikenlaisia harrastuksia, mutten ole jatkanut niistä oikeastaan mitään. Olisi niin hienoa, jos olisin harrastanut vaikka nyt esimerkiksi balettia koko elämäni. Olisi joku mihin panostaa, mille antaa kaikkensa. Jokin, jonka antaisi viedä mukanaan. Omistaa elämänsä sille ja nauttia suuresti isoista onnistumisista.

Mutta ei. Minulla ei ole hyllyt täynnä pokaaleita urheilusuoristuksista tai muistakaan vastaavista. Minulla ei ole suurta intohimoa, vaikka välillä tuntuukin että olisi. Totuus on se, että sitä ei ole. Mutta uskon ja toivon, että löydän vielä sen intohimoni. Ehkä tosin vähän vanhemmalla iällä. Mutta löydän, silti.

Tänään koulussa on onneksi helpompi ja lyhyempi päivä. Päivän aineetkin ovat paljon rennompia eikä niitä ole paljoa. Koska päivä on lyhyt, aion viettää koko päivän isoäidillä. Hänen on jo pakko olla kotonaan. Tunnit kuluivat nopeaa. Pian olikin jo viimeinen tunti.

Päivä oli ollut ihan normaali. Perus kouluarkea. Olin sitomassa kenkiäni ja tekemässä lähtöä. Sidoin polvillani jo toista kenkää. Näin, kun eteeni tulivat vieraat kengät. Kohotin katseeni. Se oli Sebastian. En ollut tunnistanut hänen hienoja nahkaisia kenkiään. Vaikka niiden erikoisuudesta olisi varmaan pitänyt arvatakin, että ne olivat hänen.

Hän kysyi minulta, että onko minulla tälle päivälle suunnitelmia. Vastasin, että ei mitään erikoisempia. Vaikka ajattelinkin isoäidille menoa, oli se minulle aika arkipäiväistä, joten en maininnut sitä. "Haluaisitko tehdä kanssani jotain?" Hän vielä kysyi. Hämmennyin kysymyksestä. En osannut odottaa sitä. Miksi hän minun kanssaan haluaisi aikaa viettää? Emmehän me edes tunne toisiamme.

Yritin vain heittää jotain neutraalia tilanteeseen. En saanut miettiä liikaa, muuten olisin vaikuttanut oudolta tai säikähtäneeltä." Joo, eiköhän se käy. Mitä meinaisit?". Se vaikutti ihan sopivalta vastaukselta. Hän selitti jotain ihan vain kävelystä ja kahvilla käymisestä. Minulla ei ollut mitään ajatusta vastaan, joten tietenkin suostuin.

Nousin seisomaan. Hän katsoi minua hymyillen. Hän on aikamoinen hymyilijä. Hän jaksaa aina tehdä sen suloisen hymykuoppa hymynsä. Joskus tuntuu, että en itse edes paljoa hymyile.

Lähdimme kävelemään pois koululta. Annoin hänen vain johdattaa, sillä hänhän tätä oli ehdottanutkin. Emme puhuneet sanaakaan. Katsoin vain häntä. Hän ei sanonut mitään. Hymyili vain. Hiljaisuus ahdisti minua joten kysyin häneltä, että miksi hän halusi juuri minun kanssani viettää aikaa.

Hän pysähtyi. Minäkin pysähdyin. "Miksi juuri tämä puu on kasvanut tähän, miksi juuri me elämme nyt, miksi juuri tuo lintu laulaa, miksi juuri tällä hetkellä on päivä?" Sebastian sanoi. "Kaikki tapahtuu juuri siksi, koska niin vain tapahtuu. Älä mieti, että miksi. Älä mieti, anna vain elämän viedä." Hän vielä jatkoi. Menin sanattomaksi. Mitä hän tarkoitti? En vastannut mitään. En vain osannut vastata. Mitä tuohon olisi edes voinut vastata?

Hän hymyili. Olin jälleen ihan hämilläni. Jatkoimme matkaa. Kävelimme kauniin puiston läpi. Se oli todella upea. Olisin halunnut vain pysähtyä ja jäädä haistamaan ihanaa ilmaa ja katselemaan kaunista puistoa. Emme kuitenkaan jääneet puistoon. Siirryimme jollekin pienelle sivukadulle, jossa en ollut ennen käynyt.

Saavuimme korkean mustan puutalon luo. Sitä ympäröi rautainen aitaus. Rakennus oli kaunis, vaikka tosin muistuttikin vanhaa kummitustaloa. Se oli erittäin kiehtovan näköinen. "Asun täällä" Sebastian kertoi. Kehuin hänelle heidän taloaan ja sitä kuinka uniikin näköinen se on. Menimme sisälle. "

Talo oli sisältä todella kaunis. Joka paikka oli taidokkaasti sisustettu. Joka puolella oli pelkkää mustaa ja valkoista. Muita värejä en oikeastaan nähnyt. Menin hänen perässään alakerran takaoven kautta heidän takapihan terassille. Heidän takapihansa oli todella kaunis. Heillä oli kaunis puutarha, joka sisälsi vain yhtä kukkalajia. Verenpunaista ruusua. Keskellä puutarhaa oli iso, todella vanha vaahtera.

Vaikka olikin vasta alkusyksy, olivat sen värit lumoavat.

Hän ohjasi minut puutarha tuoleille, joiden keskellä oli pieni pöytä. Hän käski odottaa siinä sillä välin, kun hän tuo kahvia. Istuin rauhassa tuolilla ja ihailin heidän pihaansa. Pian hän saapuikin kahden kahvikupin kanssa luokseni.

Kiitin häntä kahvista ja kerroin samalla kuinka lumoavan kaunis mielestäni heidän pihansa on. Hän hymyili ja kiitti kehuista. Kun olimme juonut kahvimme, lähes sanaakaan sanomatta, hän kysyi, että haluanko nähdä hänen huoneensa. Olin tietenkin heti valmis näkemään millaisessa huoneessa tämä poika oikein elää.

Menimme jyrkät portaat yläkertaan. Hän avasi oven huoneeseensa. Hänen huoneessaan oli vain sänky ja pöytä. Pöydällä oli lamppu. Pöytä oli täynnä kumin roskaa, papereita ja kyniä. Hänen huoneensa seinät olivat täynnä mustavalkoisia lyijykynäpiirroksia ja vesiväri maalauksia. Ne olivat erikokoisia, pieniä ja suuria. Niitä oli todella paljon. Kaikki hänen työnsä olivat samasta tytöstä mitä hän oli kuvataiteen tunnilla piirtänyt. Joka ikinen hänen töistään oli tästä samasta tytöstä. Tyttö oli tehty olevan eri asennoissa, eri kuvakulmissa ja eritavoilla tehtynä.

"Kuka tämä tyttö on, jota niin intohimoisesti piirrät?" Kysyin varoen." En itse asiassa tiedä. Hän on

vain tyttö, josta näen unta joka yö." Hän vastasi.
Kiehtovaa. Hänen työnsä oli todella ihailtavaa. Hän
on varmasti paras koskaan tapaamani piirtäjä. Yhtä
äkkiä kaiken hiljaisuuden keskellä Sebastian alkoi
puhua.

"Kuule Minttu, tämä varmaan kuulostaa oudolta,
mutta minun on pakko saada tutustua sinuun. Vaikka
tämä kuulostaakin todella oudolta, mutta minusta
tuntuu, että olen nähnyt sinut aikaisemmin. Vuosia
sitten. Monia vuosia sitten olit yhdessä unessani,
mutta sitten katosit. Kun tulin kouluun ja näin sinut,
tunnistin sinut unestani ja minun on pakko saada
itsestäni selville, että miksi näin unta sinusta."

Mietin, että mitä ihmettä tämä poika oikein puhuu.
Uni silti kiinnosti minua suuresti ja Sebastian myös.
Minulle tuli heti mieleen se, mitä hän minulle sanoi,
joten minun oli pakko sanoa hänelle siitä. "Etkös
sanonut, että kaikki tapahtuu juuri siksi, koska niin
vain tapahtuu. Älä mieti, että miksi. Älä mieti, anna
vain elämän viedä." Hän naurahti. "Eli ethän pidä
minua ihan täysin outona tyyppinä?" Hän jatkoi.
Naurahdin itsekin ja totesin ääneen, että en todella-
kaan pidä.

Muistin, että minulla oli aikomus käydä isoäidilläni.
Kiitin Sebastiania hänen vieraanvaraisuudestaan ja
kerroin, että minun pitää mennä. Hän hymyili ja
saatteli minut ovelle. "Kiva, kun kävit!" Hän huik-
kasi perääni.

Kävellessäni isoäidilleni, mietin kaikkea mitä hänen luonaan oli tapahtunut. Sebastian on kyllä täydellisen kiinnostava henkilö. Onneksi hänkin on kiinnostunut minusta, joten voimme jatkaa ajanviettoa.

Koputin isoäidin talon oveen. Hän tuli avaamaan sen. Normaalisti hän tuli avaamaan sen hymyillen ja onnellisella päällä. Nyt hän vaikutti jotenkin kummalliselta. Hän kyllä hymyili, mutta vaikutti poissaolevalta. Sanoin, että olin käynyt hänen luonaan eilen, mutta hän ei ollut paikalla. Kysyin myös, että missä hän oli ollut. Hän vain sanoi, että oli ollut kiireitä.

Oli ollut aivan tavallinen kesäpäivä· Ainoa tavallisesta poikkeava asia oli ollut se, että olin ollut koko päivän todella rauhaton· Minä en pystynyt vain olemaan paikallani· Jokainen asento ja tekeminen tuntui väärältä· Mikään ei vain ollut tarpeeksi hyvä·

Minusta tuntui edelleenkin siltä, että kanssani on joku· En näe missään ketään, mutta minusta tuntuu vahvasti, että en ole yksin· Tämä tunne teki minut hulluksi· Tunsin oloni vainotuksi· Aivan, kuin jokin seuraisi minua joka paikkaan·

Uniinikin· Huusin, että mene pois· Vastaukseksi sain taas vain hiljaisuutta·

Pelkäsin nukahtaa, tai pistää silmiäni kiinni· Pelkäsin, että avatessani silmäni joku seisoo edessäni· Outo oloni ei antanut minun olla·

En ollut isoäidin luona kauaa, sillä halusin keritä kerrankin mennä ajoissa nukkumaan. Eilen se ei onnistunut päiväunieni takia. Tänä iltana sen on pakko onnistua. Pian ovat ne kisatkin.

Hölkkäsin lähes koko matkan kotiin, jotta tulisi edes pientä lämmittelyä tulevia kisoja varten. Kotona tein läksyni ja menin nopeasti sänkyyni. Sebastian oli kisojen sijasta mielessäni. Se kaikki mitä hän minulle tänään kertoi, oli niin jännittävää.

Luku 8. Kisat

Avasin silmäni· Siinä minä olin· Keskellä parhaimpia, ystäviäni· He kaikki kertoivat kisajännityksestään· Pari viikkoa oli kulunut nopeasti, enkä todellakaan ollut treenannut· Oli aika mennä urheilukentälle· Siellä oli paljon porukkaa· Koko koulun väki oli paikalla, ja tietenkin opettajat· Pian alettaisiin kuulutella lajeja ja, että keiden pitää olla paikalla·

Yleensä juoksut ovat ensimmäisenä· Eli minäkin olisin ensimmäisten joukossa·

En ole yhtään kilpailukunnossa· Kuntoni on muutenkin huono enkä haluaisi olla alisuorittaja· Olin niin väsyksissä, että tiesin kisojen menevän kannaltani huonosti· Jännityskin oli suuri· Ihme, että pysyin edes pystyssä·

Ystäväni kysyivät, että onko minulla huono olo· Sanoin olevani kunnossa, vaikka tiukkaa teki· Kävin katsomassa listaa missä luki, ketkä juoksisivat milloinkin· Osallistujia oli paljon, joten juoksut juostiin neljässä eri ryhmässä· Heistä sitten vielä parhaimmat kisaisivat keskenään· Oma juoksuni oli vasta kolmantena, eli aikaa omaan suoritukseeni oli vielä jonkin verran· Minua vastassa oli paljon minua parempia juoksijoita, joten tiesin tulevani pian nolatuksi viimeisenä maaliintulijana· Minua heikotti· En tiennyt kuinka minun olisi pitänyt olla, että voisin paremmin·

Juoksu lähestyi· Minua jännitti kauheasti· Sydämeni tykytti tuhatta ja sataa· Olin radalla aivan kuset housuissa, sillä minua jännitti aivan valtavasti· Huomasin, että parhain juoksija vieressäni valitti siitä kuinka hänen jalkansa on kipeä· Sitten tajusin, että minulla saattaa olla jonkinlainen mahdollisuus edes sijoittua· Näin kuinka ystäväni katsoivat minua· He kannustivat ja huusivat, että pystyn siihen· Se sai minun sydämeni jyskyttämään aina vain lujempaa· Pian kuulin, kun edestäni huudettiin: "Paikoillanne, Valmiit ja Hep!"·

Juoksin niin lujaa, kuin vain ikinä pystyin· Maali lähestyi, mutta edelläni meni paljon tyttöjä ja takanani oli vain muutama· Pinnistin vielä viimeiset voiman rippeeni ja sain vielä ohitettua kaksi tyttöä· Maali tuli yhä vain lähemmäksi· Vaikka matka oli lyhyt, se tuntui pitkältä·

Pääsin vihdoin maaliin· En katsonut yhtään sijoitustani· Heikotti niin valtavasti, että menetin tajuni ja pyörryin· En tuntenut kipua· Näin vain mustaa· Avasin pikkuhiljaa silmäni ja näin kasvot· Sebastianin kasvot· Se tunne, kun heräsin ja näin hänen silmänsä, oli jotain niin taianomaista· En unohda sitä koskaan· Hän oli ottanut minut syliinsä ja hän katsoi lempeästi suoraan silmiini· Ympärillä oli muitakin tyyppejä, lähinnä ystäviäni ja pari opettajaa· Se tunne, kun heräsin ja näin hänen silmänsä oli jotain niin taianomaista· En unohda sitä koskaan·

Sebastian saatteli minut vielä varmuuden vuoksi terveydenhoitajalle· Kiitin häntä siitä, miten hän huolehti minusta· Terveydenhoitaja sanoi minulle vain, että verensokerini oli varmasti todella al-

haalla ja, että minun olisi parasta mennä nyt syömään ja kotiin lepäämään·

Luku 9. Minä kyllä aina palaan

Onneksi nuo kisat olivat vain unta. Oikea kisapäivä on vasta tänään. Oli kyllä vaihteeksi ihan mukavaa nähdä normaaleitakin unia. Nousin istumaan, sillä herätykseni soi. Heti noustessani istumaan oksensin. Oloni oli aivan hirveä. Juoksin vessaan oksentamaan lisää. Äitini käski minun mitata kuumeeni. Kuumetta minulla ei ollut, mutta oksetti kamalasti.

Onneksi minun ei tarvitse mennä kouluun. Kisoissa olisi kuitenkin käynyt niin kuin unessani. Eli olisin varmasti sijoittunut huonosti ja joutunut terveyden-hoitajalle siitä.

Sebastian oli myös unessani. Sinänsä hassua, että hän oli minun unessani. Vaikka hän oli juuri kerto-nut, nähneensä minusta unta. Äitini pisti luokanval-vojalleni viestiä, etten tule kouluun. Olin niin onnel-linen, että juuri tänään olen kipeänä.

Jatkoin nukkumistani vielä pari tuntia, sillä minulla oli koko päivä aikaa levätä. Heräsin monta tuntia myöhemmin. Minulla ei ollut enää yhtään huono olo. Tein itselleni hieman ruokaa ja puin päälleni. Oloni oli erittäin pirteä ja hyvä, joten lähdin ulos. Halusin mennä kirjoituspaikalleni. En ole käynyt

siellä pitkään aikaan, vaikka olen aikaisemmin ta-
vannut käydä siellä usein.

Istuin kaatuneen puun päällä. Minulla oli jo muuta-
man vuoden ollut tapana tulla tänne istumaan ja kir-
joittamaan päiväkirjaa. Siinä olo sai minut tunte-
maan, että olen yhtä ja samaa luonnon kanssa. Paik-
ka oli niin syvällä tiheää metsää, etten kuullut muuta
kuin luonnon omia ääniä. Mistään ei kuulunut ihmis-
ten tai koneiden ääniä. Paikkani oli juuri tismalleen
täydellisellä paikalla.

Olin löytänyt paikan pari vuotta sitten. Olin monta
kertaa kulkenut erään suuren kiven ohitse, enkä iki-
nä ollut mennyt katsomaan sitä läheltä. Kerrankin
minulla oli paljon aikaa, joten päätin mennä katso-
maan pari metriä korkeaa ja näyttävää kiveä. Käve-
lin kiven luokse. Kivestä oli lohjennut pala ja se oli
tippunut sen viereen. Kun olin aikani katsellut kiveä,
päätin mennä vielä kymmenen metriä kiven taakse.
Siellä se oli. Täydellinen paikka. Koko metsä oli
erittäin tiheästi kasvavaa havupuuta. Mutta siinä oli
pieni kaunis aukio. Aukio oli täynnä palleroporonjä-
kälää ja valoa.

Koko metsä oli tiheyden takia huonosti valaistunut,
mutta siihen kohtaan paistoi ihanasti aurinko. Se oli
todella valoisa ja pehmeä paikka. Keskellä pientä
aukiota oli suuri kuusi ja kuusen vieressä kaatunut
puu. Menin istumaan kaatuneelle puulle. Siinä se oli.
Siinä ensimmäistä kertaa tunsin kuinka luonto oike-

asti kosketti minua. Minusta tuntui, että missään muualla ei voisi olla näin kaunista. Mikään upea merenranta tai vuoristo ei voittaisi tätä. Siinä oli juuri täydellistä.

Katsoin ympärilleni. Aurinko paistatti säteinä paikalle. Linnut lauloivat ja pieni tuulenvire kosketti pitkiä punaisia hiuksiani. Suljin silmäni ja hengitin syvään. Kaikki oli juuri sillä hetkellä täydellistä. En kaivannut yhtään mitään lisää. Mikään ei voinut pilata sitä hetkeä. Olin niin yksin, mutta niin yhtä. Yhtä luonnon ja maailmankaikkeuden kanssa. Aina, joka ikinen kerta, kun palaan tälle paikalle tunne olevani elossa. Tämä on osa minua. Osa sitä mikä tekee minut omaksi itsekseni. Täydellinen paikka ajatuksien kokoamiselle, tunteiden purkamiselle ja tekstin kirjoittamiselle. Vaikka siinä oli täydellistä, halusin nousta katsastaa aukiota paremmin.

Aukion reunalla oli erittäin pikkuruinen puro. Siitä kuuli juuri ja juuri virtaavan veden. Puro oli niin pieni, että sitä oli pakko katsoa todella läheltä. Vesi oli kirkasta ja veden mukana kulki pari lehteäkin. Minne ikinä menisin tai minne ikinä muuttaisin, tämä olisi se paikka, minne haluaisin lopulta palata. Talvisin lempipaikalleni on vaikea päästä, mutta pääsen sinne silti. On ihana katsoa, kun puro ei ole jäätynyt, vaikka joka puolella onkin lunta. Keskellä valkoista paratiisia on pieni elonlähde. Kaunis pieni vettä virtaava puro. Nyt oli kuitenkin vasta syksy. Kirjoitin päiväkirjaani ja yritin koota ajatukseni.

Pari tuntia metsässä oltuani, lähdin takaisin kotiin. Oli ihanaa keittää kuumaa kaakaota ja katsoa elokuvia. Ihanaa, kun saa olla ihan omassa kodissaan sillä välin, kun muut hikoilevat yleisurheilukisoissa.

Äitini tulisi pian kotiin. Hän saa tehdä minulle ruokaa. Olen väsynyt, mutta onneksi saan keräillä kotona voimiani. Kaiken lisäksi huomenna kuuluisi alkaa viikonloppu. Ja tämän sairastumiseni takia, viikonlopullani on yksi ylimääräinen päivä.

Makasin illalla sängylläni. Minulla oli sylissäni tietokoneeni, jossa oli selain auki. En keksinyt mitä olisin hakuun pistänyt. Tunsin oloni niin voimattomaksi ja tylsäksi. Vaikka nautin kiireettömyydestä ja hiljaisuudesta, minua jotenkin vähän masensi. En ole tehnyt koulun alkamisen jälkeen ystävieni kanssa juuri mitään. He ovat kyllä tehneet yhdessä kaikenlaista, mutta en ole jaksanut ikinä mennä mukaan. Tuntuu kuin olisin erkaantumassa heistä. En kuitenkaan halua erkaantua, mutta minulla ei ole oikein jaksamusta ikinä tehdä mitään.

Katsoin puhelimeni näyttöä. Siihen oli tullut paljon viestejä ryhmächatistä, jota en jaksa useinkaan lukea. Mutta huomasin, että toisestakin keskustelusta oli tullut viestiä. En tuntenut numeroa. Mutta sitten luin viestin. Se oli Sebastianilta. Hän kyseli vointiani ja, että voiko hän tulla käymässä. En tiennyt mistä hän oli numeroni saanut tai, että mistä hän muka tietäisi missä asun.

Olin tylsistynyt ja vailla tekemistä, joten annoin hänen tulla käymässä, mutta sanoin etten sisälle päästä ettei äitini heräisi. Hän tekee paljon töitä, joten arvostan hänen unensaantiaan.

Puin aamutakkini päälleni ja menin parvekkeelle katsomaan hänen tuloaan. Hänellä ei mennyt montaa minuuttia, kun hän oli jo pihassani. Hän puhui hiljaa, ettei aiheuttaisi meteliä ja pyysi minut alas. Suostuin tulemaan alas. Pistin aamutakkini nauhan kiinni astellessani portaita alas. Avasin varovasti ulko-oven ja tarkistin ettei se mene lukkoon.

Jäimme kahdestaan istumaan etupihani terassille. En viitsinyt lähteä mihinkään, sillä en ollut pukeissa ja huono olo saattaa palata. Istuimme aluksi vain hiljaa ja tuijotimme hymyillen toisiamme. "Etkö aio sanoa mitään?" Kysyin. Hän hymyili leveämmin ja katsoi poispäin.

"Minttu käy hakemassa itsellesi lämmintä vaatetta, nyt." Vastustin juttua vahvasti. Olin aamulla todella huonossa kunnossa ja olen nytkin väsynyt ja hän haluaa viedä minut johonkin. Vaikka olin ajatusta vastaan, päätin suostua. Juoksin hakemaan takin ja löysät housut.

Hän otti kädestäni kiinni ja lähti juoksemaan. Juoksin nauraen hänen perässään ja kyselin mihin hänellä on moinen kiire. Juoksimme johonkin paikkaan, missä en ollut ikinä käynyt. Mielenkiintoista kuinka hän tietää paikkoja kotikaupungistani, joita itse en tiedä, vaikka hän on vasta hiljattain muuttanut tänne. Ehkä se johtuu siitä, että kuljen aina tiettyjä reittejä, enkä hirveästi kiertele paikkoja läpi.

Huomasin, että olimme jo todella kaukana kotoani. "Sulje silmäsi". Hän kuiskasi korvan juureeni. Suljin silmäni. Me lopetimme juoksemisen. Kävelimme hitaasti. Hän piti minua edelleen kädestä kiinni. Tunsin kuinka menimme joidenkin puskien läpi. Sain hieman osumaa puiden oksista.

Pysähdyimme. Hän antoi minulle luvan avata silmäni. Avasin silmäni käskystä. Olimme jollakin todella korkealla, mutta kauniilla paikalla. Paikalta näki hyvin koko pieni kaupunkimme. Aurinko teki vielä laskuaan, joten näky oli sanoinkuvaamattoman kaunis.

Kysyin hiljaa hämmästyneellä äänellä, että mistä hän oikein löysi tämän paikan. Hän ei jälleen vastannut mitään. Tuijotimme molemmat hiljaa kaunista maisemaa. Suljin silmäni ja hengitin syvään. Annoin tuulen virrata hiuksiini. Sebastian kysyi, että mitä teen. Kuiskasin hänelle vastaukseksi hiljaa "Tartun tähän hetkeen". Hän otti jälleen kädestäni kiinni ja tuli viereeni, lähemmäksi minua. Hänkin teki samoin kuin minä. Hän sulki silmänsä ja veti syvään henkeen.

Hän kertoi, että on aika vaihtaa paikkaa. Menimme samaa reittiä takaisin mistä olimme tulleetkin. Lopulta olimme jo lähempänä kotiani ja aloin jo tunnistamaan, että missä menimme.

Hän saatteli minut kotiin. Emme edes olleet kauaa poissa. Hän kysyi, että olinko nauttinut kauniista maisemasta ja sen ihailusta. Naurahdin vain, sillä totta kai olin nauttinut siitä. Maisemahan oli täydellinen.

"Sanon vielä ennen kuin menen, että älä ole huolissasi, vaikka olenkin paljon poissa koulusta. Minä kyllä aina palaan. Ja vähän ajan päästä olen pitkänkin ajan poissa. Mutta minä kyllä aina palaan. "Hän sanoi ennen lähtöään. Sinne hän sitten katosi. Yön hämäryyteen. Seisoin ulko-ovellani ja tuijotin tyhjyyteen. Voi tuota mysteeristä poikaa. Ehkä minun olisi aika mennä sisälle.

,

Luku 10. Näky

Avasin silmäni· Katsoin hämmentyneenä ympäril-
leni· Olin kauhuissani· Verta oli kaikkialla· Valkoi-
set tapetit olivat värjäytyneet punaisiksi ja pi-
sarat valuivat seinää pitkin kohti lattiaa· Olin
omassa kodissani· Katsoin käsiäni· Ne olivat ihan
veressä ja verta tihkui hiuksistanikin· Mitä olin
tehnyt? Mihin olenkaan sekaantunut? Mitä tä-
mä on? En tiedä mistä veri on tullut· Sitä vain
on joka puolella! Kuulin ulkoa jotain ääniä· Minua
pelotti, mutta minä en voinut muutakaan kuin
mennä katsomaan· Pihalla on varmasti jotain, se
on pakko tarkastaa·

Juoksin pihalle aamutakki päälläni· Ulkona ei
ollut mitään· Ei autoja naapuruston pihoissa, ei
ihmisiä kaduilla, ketään tai mitään ei ollut mis-
sään· Olenko ainoa tässä maailmassa? Kysyin itku
kurkussa hiljaa itseltäni· "Niin paljon kysymyk-
siä·" Ääni lähestyi minua· Se oli Sebastian· Hä-

nen silmänsä olivat mustat· Hän ei näyttänyt yhtään omalta itseltään·

Halusin huutaa, että hän ei saa satuttaa minua, mutta olin niin paniikissa, etten saanut sanaakaan suustani· Hän otti kädestäni kiinni ja sanoi, että minulla ei ole mitään hätää· Vedin käteni pois ja käskin hänen perääntyä· Ääneni oli kauhusta kankea·

Juoksin yläkertaan, mikä oli huono päätös sillä sieltä en pääsisi pois· Hän seurasi minua· Täysin mustat silmät katsoivat ilmeettömästi minua· "Mene pois" Kuiskasin, samalla itkien· "Et pääse minusta eroon" Hän vastasi· Heitin häntä vieressäni olevalla vesilasilla· Lasi särkyi hänen kasvoillensa, mutta se ei aiheuttanut yhtäkään haavaa tai edes naarmua· Hän katsoi vain sivulle hymyillen.

Heräsin olin kotonani omassa sängyssäni. Lakanani olivat ihan rutussa ja peitto oli lattialla. Olin hikoillut pyjamani märäksi. Juoksin avaamaan verhot. Kaikki oli normaalia. Jokapäiväiset tutut aamulenkkeilijät juoksivat reittiään, autot olivat pihoissa ja ihmisiä näkyi menevän töihin. Juoksin portaat alas. Äiti teki aamupalaa. Tämä oli siis ollut pelkkää pahaa unta.

Menin vessaan pesemään kasvojani. Pistin valot päälle ja katsoin peiliin. Näin Sebastianin vierelläni. Kiljaisin. Avasin silmäni uudelleen. Siinä ei ollut ketään. Aloin käyttäytyä vainoharhaisesti jokaista asiaa kohtaan. Jopa pihalla postia hakiessani olin varuillani ja katsoin tarkkaillen jokaista vastaantulijaa.

Vaikka Sebastian on todella mielenkiintoinen ihminen, hän aiheuttaa minulle jostakin kumman syystä painajaisia. En tiedä onko minun hyvä viettää aikaa hänen kanssaan. Tulen hulluksi lähes jokaöisistä painajaisista. Haluan viettää koko loppu viikonlopun ainoastaan leffoja katsellen ja rauhoittuen. Varaan itselleni hieman omaa aikaa.

Hain alhaalta aamupalaa ja keitin teetä. Suunnittelin, että voisin tehdä pitkästä aikaa kavereideninkin kanssa jotain. Minä olin viettänyt koko kesän heidän seurassaan. Mutta tuntuu, etten ole koulujen alettua tehnyt paljoakaan mitään heidän kanssaan. Kaikilla on totta kai hieman kiireitä ja koulun arkeen tottuminen vie aikansa. Kun vapaa-aikaa on rajoitetusti, monet kuten minä, esimerkiksi haluan viettää sen omissa oloissani rentoutuen.

Kun minulla ei ole paljoakaan viikonloppuna tekemistä, voisin vaihteeksi opiskella. Minulla on pian kuitenkin kokeita, joten niihin hieman varautuminen ei voi olla kuin hyväksi.

Pyysin äitiäni tuomaan minulle herkkuja kaupasta motivoimaan opiskeluani. Olisi niin mukava vain olla ja syödä kaikkea epäterveellistä. Olen mielestäni ansainnut tämän. Kun mietin, että mitä elokuvia katsoisin päädyin siihen tulokseen, että katsoisin lapsuuteni klassikko elokuvat. Eli lastenelokuvia. Niistä ei ainakaan pitäisi tulla painajaisia. Jos saisin niistä painajaisia, niin jotain olisi minussa pahastikin vialla.

Kirjaa en jaksaisi millään lukea, sillä opiskelukirjat ovat jo aivan tarpeeksi tälle viikonlopulle. Tuntuu ihanalta vain hemmotella koulustressin keskellä itseään. Voisin vaikka leffaa katsellessa liottaa jalkojani ämpärissä, missä olisi kuumaa vettä. Se tunne jaloissa on aivan ihana. Kuuma vesi saa kuolleen ihon kuoriutumaan pois. Ai että. Voin vain kuvitella sen tunteen iholla, kun nostan jalkani pois vedestä ja alan rasvaamaan niitä.

Äitini toi herkut ja pistin kaiken valmiiksi. Huoneestani minun ei tarvitse poistua kuin vessaan. Ja, jos

haluan lisää ruokaa. Mahtavaa. Hemmottelu viikon-
loppu täältä tullaan.

Luku 11. Havahdus

Viikonloppu kului todella nopeasti. Ennen kuin kerkesin edes huomaamaan, oli taas jo maanantai, ja jouduin menemään kouluun. Olin todella tarvinnut tuollaista viikonloppua. Tämä viikko voi alkaa energisesti ja hyvällä tuulella. Tämän viikon haluankin viettää läheisimpien ystävieni seurassa.

Sovimme puhelimitse, että voisimme mennä pitsalle iltapäivällä koulun jälkeen. Saisimme vaihtaa kuulumisia ja syödä hyvää ruokaa. Siitä onkin pitkä aika, kun olen viimeksi ollut tekemisissä ystävieni kanssa. Kaikilla on ollut hirveä kiire. Onneksi nyt kaikilta löytyi aikaa yhteiselle tapaamiselle. Joka tapauksessa kello on jo liikaa. On aika valmistautua kouluun, vaikka haluaisinkin toisaalta jäädä kotiin.

Menin tapojeni mukaan valmistautumaan ja lopulta vessaan suoristamaan hiuksiani. Työnsin hiusrautani töpselin seinään. Sitten välähti. Kiljaisin säikähdyksestä. Katsoin kättäni. Se oli noessa. Tunsin pienen sähkövirran kädessäni. Katsoin pistorasiaa. Se oli myös noesta mustana. Mitä hemmettiä? Voiko näinkin käydä? Noniin minun on kerättävä itseni. Suoristin oli kyllä ihan entinen. Hienoa. Laitoin turhautuneena hiukseni ponnarille. Ja jatkoin varovaisesti touhujani.

Lähdin onnellisena kohti koulua. Olin poikkeuksellisen hyvällä tuulella. Ihan kuin olisin saanut positiivista energiaa siitä sähköiskusta. Aamu-usva oli kauniisti laskeutunut maan päälle. Pieni tuuli heilutti puiden oksia hennosti. Puut pudottelivat lehtiään polulle. Tällaisia aamuja rakastan. Napit korvillani kuuntelin ihanaa musiikkia ja nautin olemassaolostani.

Vaikka koulumatka oli vielä kesken, pysähdyin. Vedin silmät kiinni syvään henkeen. Juuri näin oli hyvä. Katselin ympärilleni. Kaikki oli niin herkkää ja kaunista. Jos voisin, tässä haluaisin ikuisuuteni viettää. Siitä hyvän olon tunteesta oli vaikea päästää irti. Vedin vielä kerran syvään henkeä ja jatkoin matkaa.

Yöllä oli satanut. Sateen tuoksu hemmotteli hajuaistiani. Rakastan sateenjälkeistä tuoksua todella paljon. Kiersin suuret vesilätäköt tien reunasta. Kun katsoin kauas eteeni, näin kuinka kymmeniä pieniä ja suuria vesilätäköitä teki kauniin janamuodostelman pikitielle.

Tulin koululle. Astuin sisään rakennukseen ja vein ensiksi tapani mukaisesti takkini ja kenkäni naulakolle. Sen jälkeen menin ystävieni luokse. Siinä he olivat ja juttelivat niitä näitä. Istuin heidän viereensä ja liityin keskusteluun mukaan.

Koulupäivä ei ollut edes kovin pitkä. Se tuntui kulu-
vankin niin kovin nopeaa. Koko kaveriporukalta
loppui yhtä aikaa koulu. Olin odottanut koko koulu-
päivän tätä. Lähdimme kävellen koulun lähellä ole-
vaan pitseriaan.

Ennen tapasimme viettää joka päivä aikaa. Emme
enää. Kävelymatkalla tajusin, että porukkamme on
hajoamispisteessä. He ovat olleet vuosia minulle
tärkeitä ja todella läheisiä. Jotenkin enää ei vaan
tunnu siltä. En ajatellut asiaa negatiivisesti. Mieles-
täni se olisikin ihan hyvä. Olemme olleet niin kauan
yhdessä. Vaihtelu olisi hyväksi meille kaikille.

Olen huomannut ettei meitä edes niinkään ole kiin-
nostanut toistemme seura. Olemme vain tiuskineet
kauan aikaa toisillemme. Asiasta on kyllä puhuttu,
mutta mitään ei ole tapahtunut. Olen salaa vähän
toivonutkin uutta kaveriporukkaa. Haluaisin tutustua
uusiin ihmisiin. En täysin haluaisi näistäkään ihmi-
sistä luopua. He ovat vain jotenkin muuttuneet mi-
nulle tuntemattomiksi.

Olimme pitseriassa. Kun kaikki olivat saaneet tilat-
tua, menimme istumaan pöytään. Kun keskustelun-
aihetta ei meinannut löytyä, kertoi yksi ystävä poru-
kastamme, että muuttaa parin viikon päästä. Se tuli
meille kaikille yllätyksenä. Yleensä muutosta kerro-
taan kuukausia aiemmin. Hän kertoi muuttavansa
monen sadan kilometrin päähän sijaitsevaan kau-
punkiin. Nyt todella huomasin kuinka olemme er-

kaantuneet. Hän oli tiennyt muutosta kauan, mutta kertoi vasta nyt.

Emme oikein kukaan osanneet reagoida tilanteeseen. Halasimme vain häntä ja kyselimme muutosta. Olin niin hämmentynyt. Söimme kaikki oudossa hiljaisuudessa pitsojamme. Tilanne oli niin uusi. Syötyämme ja jonkin aikaa juteltuamme, lähdimme kaikki kotiin.

Matkalla kotiin todella mietin asiaa. En tulisi näkemään ystävääni muuton jälkeen pitkiin aikoihin. Enkä usko, että minun tulisi siellä niin paljoa vierailtua. En koe olevani niin läheinen hänen kanssaan.

Luku 12. Itsetunto

Aamulla kun nousin, oloni oli jotenkin maassa. Katsoin itseäni peilistä. En tuntenut itseäni hyväksi. Mietin niitä asioita, mitä ihmiset olivat minulle vuosien mittaan sanoneet. Mietin sitä, kuinka en ole oikein ikinä pystynyt olemaan oma itseni. Mietin sitä, kuinka minua aina toruttiin, kun halusin hieman hullutella tai heittää sellaista "huonoa" läppää. Muistan kuinka nuorempana ulkonäköäni ja vaatteitani aina haukuttiin.

Pidin sellaisesta goottityylistä. Harvalla ala-aste ikäisellä on sellaista tyyliä. Muistan kuinka itsetuntoni oli maassa ja en halunnut olla olemassa. Tämän hetkinen kaveriporukkani teki paljon sitä, että moitti ja torui sitä mitä tein. Minua käskettiin muuttumaan. Ja, jos kerroin ajatuksistani, kaikki olivat minua vastaan. En oikein koskaan ole käsitellyt sitä surua ja vihaa mitä sisälleni on vuosien aikaan kiertynyt. Jotenkin juuri tänä aamuna ne iskivät. Ja lujaa.

Ajattelin, että pitäisivätköhän ihmiset minusta enemmän, jos muuttuisin. En halunnut mennä kouluun. Äiti oli jo lähtenyt töihin joten päätin jäädä kotiin.

Laitoin Sebastianille viestiä. Halusin olla hänen kanssaan. Minulla oli niin huono olla, ja jotenkin hänen seurassaan oloni tuntui paremmalta. Pyysin häntä metsään kävelylle kanssani. Hän suostui tulemaan. Söin äkkiä ja puin päälleni. Lähdin nopeasti kotoa kohti lähimetsää. Vaikka olin nopea, Sebastian oli siellä ennen minua. En ymmärrä miten hän kerkesi tulla parissa minuutissa koulusta metsään.

Hän ei hymyillyt. En minäkään. Hän tuli lähelleni ja kysyi, että onko minulla kaikki hyvin. Jotenkin minulle tuli rauhallinen tunne. Sellainen tunne, että tähän ihmiseen voin luottaa. Päätin, että nyt päästän kaiken tulemaan. En ole ikinä vuodattanut tuskiani kellekään. Nyt aion tehdä sen.

Aloitin kertomalla menneisyydestäni. Siitä kuinka minua lapsena kiusattiin sen takia mitä olen. Kerroin kuinka minusta tuntuu, etten riitä. Kerroin myös siitä, kuinka en tunnu kelpaavan omana itsenäni edes läheisimmille ystävilleni. Kerroin, kuinka turhautunut olen itseeni. Olen yhtä tyhjän kanssa. Olen huono ja, että tarvitsisin vain jonkun, joka välittää aidosti ja jaksaa kuunnella. Koko pitkän puheeni aikana, hän ei keskeyttänyt minua kertaakaan. Kun lopetin, hän aloitti.

Hän sanoi: "Haluan, että saat kokea voivasi olla seurassani juuri sellainen kuin olet. Sinun ei tarvitse muuttua. Ystäväsi ovat tyhmiä, jos eivät näe sinussa sitä mitä minä näen. Sinussa ei ole vikoja. Mielestäni olet täydellinen. Sinun ei tarvitse ajatella, että sinun pitäisi muuttua. On väärin ajatella niin kauheasti. Olet hyvä juuri tuollaisena. Pärjäät kyllä ilman muitakin. Voit olla todella vahva, jos vain uskot itseesi. Sinun pitää näyttää maailmalle, että kuka olet. Sinä pystyt mihin vain."

Sanoin hänelle, että juuri noita sanoja olen aina tarvinnut. Huomaamattani kyyneleet vierivät poskillani. Ne olivat onnenkyyneleitä. Kuiskasin hänelle, että hän merkitsee minulle paljon ja, että haluaisin olla hänelle samanlainen kuin hän minulle. Hän otti minut syliinsä ja vastasi, että niin oletkin.

Hänen sylissään, juuri sillä hetkellä tunsin, että näin on tarkoitettu. Minun oli tarkoitus tavata tämä poika. Hän päästi otteensa minusta ja katosi. Minun oli yhtäkkiä niin hyvä olla. Lähdin hyvin mielin takaisin kotiin.

Kotona mietin häntä. Miksi ikinä yritinkään vältellä häntä? Hän on se jokin mitä olen odottanut. Hän on pelastukseni. Haluan viettää hänen kanssaan kaikki päivät koko loppu elämäni.

Pistin äidilleni viestiä, että nukuin pommiin. Hänelle oli varmasti koulusta laitettu jo kysymys, että miksen ollut koulussa. Pommiin nukahtaminen on ihan normaalia ja se voi sattua kelle vaan.

Illemmalla menin käymään isoäidin luona. Viimekerrasta oli ollut todella pitkä aika. Halusin, että hän lukisi taas kirjaansa. Ja niin hän lukikin. Tällä kertaa vain runon omaisen pätkän.

Elämme kuollaksemme· Niin se vain menee· Elämme sekasorron ja hulluuden keskellä· Maailma on täynnä kriisejä ja sotia· Aina jossain päin maailmaa menee huonosti· Jämähdämme rutiineihin· Päivät alkavat tuntua samanlaisilta·

Huomaamme yhtäkkiä olevamme vanhempia ja erilaisempia· Synnymme ja kuolemme· Jossakin siinä välissä on elämä· Elämän tekevät ne pienet asiat ja ihmiset jotka tuovat niin iloa, kuin suruakin luoksemme·

Aloitamme uusia asioita ja lopetamme vanhoja· Kun jokin ajanjakso elämästämme päättyy, alkaa uusi· Jos unohdamme olennaisen, masennumme· Olennaista on pitää läheiset lähellä ja onnellisuus vieressä·

Mutta, kun näen hänet, se on kaikkea muuta· Se ei vain ole pieni hippunen onnellisuutta· Se on sellaista, mikä ajaa minut hulluksi· Hulluksi onnellisuudesta· Hän saa unohtamaan sen tosiasian, että elämme kuollaksemme· Hänen kans-

saan elämä tuntuu loputtomalta matkalta ilman
päämäärää· Aidosti onnelliselta·

Isoäidin sanat olivat viisaita. Pystyin todella samais-
tumaan niihin.

Luku. 13 Huoli

Kuukausia kului. Ystäväni oli jo muuttanut kauan sitten toiselle paikkakunnalle. Avautumiseni Sebastianille oli lähentänyt meitä. Sen vuoksi vietimme melkein jokaisen päivän yhdessä. Sebastian oli aina silloin tällöin poissa, mutta palasi aina takaisin. Lumi oli jo satanut peittäen koko maan. Elin elämäni onnellisinta ajanjaksoa.

Teimme Sebastianin kanssa kaikkea kivaa yhdessä. Ensilumen tultua teimme yhdessä lumiukon. Kävimme paljon paikallisessa kahvilassa istuskelemassa. Joskus hän vain tuli meille, olimme vain hiljaa ja luimme yhdessä kirjoja. Minäkin kävin heillä usein.

Rakastin sitä oloa, kun sai vain istua toisen vieressä hiljaa ja lukea. En ollut ikinä tehnyt sitä edes parhaimpien ystävieni kanssa. Öisin kävimme pitkiä ja syvällisiä keskusteluja maailman menoista ja tunteistamme. Rakastin puhua jonkun kanssa politiikasta. Politiikka on kiehtova aihe ja on kiva kuulla muidenkin mielipiteitä. Emme ole kaikesta aina samaa mieltä. Se on tosi kiva, koska siinä huomaa ettemme yritä mielistellä kokoajan toisiamme. Painajaiseni ovat tuntuneet lisääntyvän, mutta kun keskustelen niistä Sebastianin kanssa, ne eivät tunnukaan niin pahoilta enää.

Koulu oli tältä päivältä jo ohi ja Sebastian oli tulossa meille. Odotin häntä kotonani. Olin innoissani hänen tulostaan, niin kuin aina. Hän koputti oveen ja juoksin avaamaan. Hänellä oli mukanaan paperipussi, missä oli paikallisen pikaruoka paikan logo. Hän oli tuonut meille ruokaa mukanaan. Minulla oli kova nälkä, joten yllätys tuli juuri oikeaan saumaan.

Menimme yläkertaa syömään hänen tuomaansa ruokaa. Hän auttoi minua lukemaan biologian kokeisiin. Hän etsi kirjan tekstistä sopivia kysymyksiä ja kyseli minulta niistä. Olen maailman huonoin biologiassa, joten saimme naaraa paljon minun päättömille vastauksilleni.

Hänellä oli aina omalaatuinen tapa lähteä. Hän ei mitenkään sanonut, että hei lähden nyt. Hän vain katosi huomaamattani mitään sanomatta. Se on jotenkin aika kiehtova tapa lähteä. Pidän siitä. Tänäänkin, kun hain meille juomista, oli hän jo kadonnut. Hän lähtee niin salaperäisesti, etten edes kuule ulko-oven sulkeutumista.

Kun äitini tuli kotiin, kerroin että Sebastian oli taas meillä ja toi ruokaa mukanaan. Äiti tuli viereeni ja sanoi, että on huolissaan minusta. Olin hämmentynyt. Olin onnellisimmillani ja hän oli muka huolissaan. Hän sanoi, että tätä on jatkunut jo kauan ja, ettei jaksa enää. Aloin huolestua hänen puheistaan. Hän pyysi minut autoon ja lähdin hänen mukaansa.

Ajoimme puolituntia. Hänellä oli kyynel silmäkulmassa ja en ymmärtänyt mistään mitään. Mahassani oli outo tunne. Tuntui, että nyt ei ole kaikki hyvin. Saavuimme isoon, minulle vieraaseen rakennukseen. Odotin, kun äitini puhui jonkun naisen kanssa. Odotin aika kauankin. Lopulta sama nainen ohjasi minut johonkin huoneeseen missä oli noin neljäkymmentä vuotta vanha, silmälasipäinen nainen.

Nainen kyseli minulta kauan aikaa outoja kysymyksiä. Suurin osa liittyi Sebastianiin. Hän kyseli miten ja missä tapasimme. Kuinka usein vietämme aikaa ja niin edelleen. Vastasin kaikkeen totuuden mukaisesti. Olin hämilläni. Yritin kysellä miksi hän kyselee näitä kysymyksiä. Hän sivuutti kokonaan kyselyni ja jatkoi omaansa. Hän kirjoitti samalla kaikesta jotain muistiinpanoja. Kun hän oli kysellyt mielestään riittävästi hän pyysi minua jäämään odottamaan ja meni itse toiseen huoneeseen.

Hulluksi he minua sanoivat. Minussa oli jokin pahasti vikana. Minulle sitä ei vain sanottu suoraan. Haluan vain tietää, että mitä he ovat minusta päättäneet. Mikä minussa on vialla? En usko, että minut tänne turhaan olisi tuotu. Kuulin heidän kuiskivan oven takana.

"Tyttö puhuu outoja ja näkee näkyjä", he sanoivat. Kukaan ei usko minua. He eivät ymmärrä minua. Minut halutaan vain leimata hulluksi ja viedä psykiatrille ja ties kenelle kaikille terapeuteille. Ei minussa ole mikään vikana. Olen ihan terve. He eivät vain näe sitä. He tässä hulluja ovat.

Olin istunut tuolilla jo jonkin aikaan. Sitten joku nainen tuli luokseni. Jutella hän halusi. Minua kiinnosti kuulla mitä hänellä oli sanottavana. Hän alkoi kertoa minulle kaikkea. Kuuntelin tarkasti. Keskustelusta selvisi, että minut oli ohjattu psykiatrille. Arvasin tämän. Minua ei uskottu. He eivät usko, että Sebastian on olemassa. Mikseivät he tarkista koululta hänen olemassaoloaan. Ehkä he sitten uskoisivat. Hän käski minun myös pysytellä kotona ja etten saisi lähteä mihinkään äitini tietämättä. Millä oikeudella hän minua määrää? Ei minun menemisiäni ole ennenkään tarkkailtu. Ei hän voi kasvatukseeni sekaantua. Olin vihainen. En halunnut vastata hänelle mitään. Psykologi antoi äidilleni jonkin reseptin. Ilmeisesti joihinkin pillereihin, mitä minun pitäisi jatkossa syödä.

Otin takkini tuolin nojalta ja nousin. Mitään sanomatta poistuin huoneesta. Toisessa huoneessa oli äitini vielä juttelemassa jollekin toiselle naiselle. Sanoin äidille, että minä en halua olla täällä enää sekuntiakaan ja haluan kotiin. Olin vihainen äidillekin. Hänen takiaan olen täällä. Edes hän ei usko minua, vaikka juuri hänen pitäisi uskoa. Menimme autolle. Istuimme autossa kahdestaan, emmekä puhuneet koko matkalla toisillemme mitään.

Kun olimme kotimme pihassa, hän sanoi minulle: "Kuule Minttu, soitimme koululle. Koko Sebastiania ei ole olemassakaan." En vastannut, sillä tiesin että hän valehtelee. Jos hän ei valehtele, niin koulun tiedoissa on pakko olla jokin virhe. Avasin turvavyön ja aukaisin auton oven. Kävelin hitaasti, täysin ilmeettömänä huoneeseeni. Yhtäkkiä kaikki tässä maailmassa ovat minua vastaan. Vaikka mitään pahaa, en ole kenellekään ikinä tehnyt. En usko, että olisin hullu. Tässä kaikessa on pakko olla jokin suuri virhe.

Äiti katsoi illalla, että söin varmasti psykologin määräämät pillerit. Olin niin vihainen, että menin heti nukkumaan.

Sebastianille

Sinä sait minut tuntemaan itseni tärkeäksi. Sait minut tuntemaan, että minulla oli väliä. Olin arvokas. Sain olla oma itseni. Sinulta pieninkään vikani ei ollut piilossa. Koit vikani vahvuuksiksi. Sinulle olin täydellinen. Koko elämäni olin kokenut itseni epätäydelliskesi ja huonoksi. Mutta sinulle olin kaikkea muuta kuin viallinen yksilö.

Seurassasi sain hengittää. Sain vain olla. Minun ei tarvinnut edes sanoa mitään. Ihan hiljaakin oli vain niin hyvä olla. Sain katsoa suoraan silmiisi. Sain kokea puhdasta onnellisuutta. Sellaista onnellisuutta, jota sain vain sinun seurastasi. Tunne olla vapaa. Kukaan ei estänyt minua olemasta oma itseni seurassasi. Sinä et tukahduttanut minua.

Sait huonotkin päiväni hyviksi. Sait pienimmätkin epävarmuuden tunteeni katoamaan. Suorastaan leijuin keveänä seurassasi. Otit minulta taakan pois. Otit taakkani ja huoleni osaksi sinua, jotta minun olisi parempi olla. Teit kaikkesi onnellisuuteni eteen. Halusit, että olen aidosti onnellinen. Et halunnut kenenkään satuttavan minua. Suojelit minua kuin kalleinta aarrettasi. Sanoit minulle, että minun ei tarvitse muuttua, vaikka samaan aikaan kuulin monelta muulta, että minun pitäisi muuttua. Mielestäsi he olivat tyhmiä. Itsekin välillä koin, että minun pitäisi muuttua. Sanoit, että se ajatus oli väärin. Sanoit, että olen hyvä. Hyvä sellaisena, kuin olen.

Sanoit minulle niin paljon. Ja teit vielä enemmän. Mullistutit ajatusmaailmaani. Sait minut ajattelemaan, että ehkä en olekaan niin hyödytön. Seurassasi olin niin pieni, mutta niin suuri. Ihailin sinua niin paljon. Olit aurinkoni. Olit yöni. Olit kaikki mitä olisin Jumalalta ikinä voinut pyytää. Halusin olla sinulle samanlainen, kuin sinä minulle. Sanoit, että niin olenkin. Olimme toistemme tukipilarit. Sinä olit minun selkärankani. Pidit minut kasassa. Sait minut pysymään kokonaisena silloinkin, kun minusta tuntui, että palaseni irtoavat.

Olit kaikkeni. Olit kotini, turvani, happeni ja voimani. Ilman sinua en olisi voinut pysyä hengissä. Kerroit minulle, että pärjään ilman muita. Olisin myös yksin vahva, jos vain uskoin itseeni. Käskit minun näyttää maailmalle, kuka oikein olen. Mielestäsi pystyin mihin vaan. Sait minutkin uskomaan kaiken epävarmuuden keskellä siihen. Vahvistuin seurassasi. Juuri sinua olin koko elämäni kaivannut. Olit minun syyni, syyni herätä aamulla.

Luku 14. Poissa

Avasin silmäni· Olin kävelemässä Sebastianin kanssa käsi kädessä kohti hänen taloaan· Oli kaunis sää ja tunsin olevani niin onnellinen· Katsoin hänen kauniita silmiään ja ihanaa hymyään· Tämä oli taas yksi niistä elämäni ihanista arkisista hetkistä· Lunta satoi kevyesti maahan· Ei edes tuullut yhtään· Oli hieman kylmä, mutta Sebastianin läsnäolo lämmitti mieltä·

Kesken kävelyn Sebastian pysähtyi· Minäkin pysähdyin· Vaikka hän seisoi paikoillaan, hän oli kauempana· Juoksin häntä kohti, vaikka juuri seisoin hänen vieressään· Hän ei liikkunut itse, mutta oli silti yhä kauempana ja kauempana· Huusin häntä tulemaan takaisin· Mutta, en enää nähnyt häntä·

Juoksin suoraa eteenpäin kuin sokea· En enää tiennyt minne päin juosta· Olin yhtäkkiä keskellä valkoista tyhjyyttä· Missään ei ollut enää ketään *tai mitään· Pelkkää lunta· Tipahdin polvilleni ja purskahdin itkuun·*

Minne katosit Sebastian? Huusin koko sydämeni kyllyydestä· Tule takaisin! Minä jatkoin huutamista, mutta vastausta ei tullut·

Näin taas niitä unia. En jaksa tätä enää. En ole ikinä näitä jaksanutkaan. Olen todella väsynyt ja tarvitsisin oikeaa unta. Unetonta unta. Sellaista tervettä, josta en menettäisi järkeäni.

Halusin laittaa Sebastianille viestiä. Minulla oli tarve kertoa hänelle eilisestä päivästä ja viimeöisestä unesta. Otin puhelimeni ja aloin selaamaan Sebastianin numeroa. Sitä ei enää ollut puhelimessani. Minnekä se noin vaan nyt katosi. Olin erittäin hämmentynyt.

Äiti tuli luokseni ja pakotti ottamaan taas ne pillerit. Aloin pukemaan ja valmistautumaan kouluun. Onneksi näkisin siellä Sebastianin. Lähdin ajoissa kouluun, että kerkeäisin mennä Sebastianin kodin kautta, ja vaikka samaa matkaa hänen kanssaan.

Kävelin kauniissa lumisateessa kohti hänen taloaan. Kun tulin oikean osoitteen luo, ei siinä ollut mitään. Siinä oli tyhjä tontti ilman taloa. Hieroin silmiäni ja katsoin uudelleen. Näin edelleen pelkän tyhjänä olevan tontin. Nipistin itseäni, jotta voisin varmistaa oliko tämä vain unta. Nipistyksen jälkeenkään taloa ei ollut. Juoksin hädissäni kouluun. En löytänyt Sebastiania koulustakaan, eikä kukaan ollut nähnyt häntä. Aloin todella huolestua. Koko koulupäivän etsin häntä. Hän ei tullut millekään tunnillekaan. Pelkään, että uneni kävi toteen. Mutta ei, ei se voi. Tämä ei saa olla totta.

Joskus sitä vain toivoo, että ei olisi ikinä edes syntynyt. Ei olisi tarvinnut tuntea tätä kaikkea pahuutta ja synkkyyttä. Tuntuu, kuin eläisin ja asuisin pimeydessä. Olen kuin putoamassa loputtomaan kuiluun. Olen jäänyt paikalleen, vaikka liikunkin, matkalla ei ole loppua. Ei ole päämäärää. Loputonta matkaa. Ainoa mitä tunnen, on kipu, ja ainoa mitä näen, on pimeys. Kuin kiertäisi ympyrää pimeässä metsässä eksyneenä. On ahdistavaa olla epätietoinen mitä tapahtuu, kun kuolee. Jos ei olisi koskaan syntynytkään, ei tarvitsisi pelätä kuolemaakaan.

En kuulu mihinkään uskontokuntaan, joten minua ei ole opetettu ajattelemaan, että kuoleman jälkeen pääsisi esimerkiksi taivaaseen. Olen uskonut tieteeseen, eli todistettuihin asioihin. Mutta tämän kaiken viimeaikoina kuulemani ja näkemäni jälkeen, en ole enää varma selittääkö tiede kaikkea. En ole varma mihinkä uskoa. Mitä, jos joku uskonnoista onkin totta. En tiedä mitä tehdä. Sebastian missä olet?

Käyn henkistä taistelua. En tiedä mihin ja keneen enää luottaa.

Se on pelottavaa, kun ei enää tiedä nukkuuko vai ei. Uneni ovat tulleet aivan liian vilkkaiksi, etten enää erota unta ja oikeaa elämää. Kaikki on ihan sekaisin. En ole enää varma mitä tapahtumia on oikeasti tapahtunut ja mitä ei ole. Uneni on pistänyt minut ihan sekaisin. Tuntuu, kuin en nukkuisi koskaan. Vaikka menen sänkyyni ja alan nukkumaan, en nukahda. Tai ehkä nukahdankin, mutta alan elämään. Unet ovat liian todentuntuisia. En enää tiedä miten erottaa unen ja oikean elämän. Olen kokeillut kaikkea: nipistämistä, sormien laskemista ja vaikeita kysymyksiä. Uneni ovat todella aidontuntuisia. Tunnen kivun, lämmön ja kaiken. Pelkään, että teen jotain kamalaa oikeassa elämässä, kun luulen sen olevan vain unta. Onkohan minusta tulossa hullu? Katson vain eteeni tyhjyyteen, en tiedä mitä tehdä. En tunne olevani elossa. Vaikka hengitän ja tunnen sydämeni sykkeen, en vain tunne. On täysin tunteeton olo. Ihan kuin minusta olisi muuttumassa haamu. Kuin olisin vähin äänin katoamassa maailmankaikkeudesta.

Luku 15. Lopullisesti

Kuukausia oli taas kulunut. En ollut nähnyt Sebastiania ja olin todella maassa. Koulussa oli mennyt ihan hyvin ja olin taas alkanut viettää aikaa ystävieni kanssa. Olin syönyt jo kauan aikaa psykiatrin määräämiä pillereitä, ihan turhaan mielestäni. Painajaiseni olivat kadonneet kokonaan. Se oli ihan hyvä juttu. Olin taas koulun jälkeen mummoni luona kuuntelemassa hänen kirjansa viimeistä kappaletta minkä hän suostui lukemaan.

Aika kuluu ja katosit· Katosit yhtä nopeasti, kuin tulitkin· Lopullisuus voi alkaa· Alkaa ilman sinua· Vaikka oletkin lopullisesti poissa, se on ihan hyvä· Luulin meistä aina liikaa·

Unelmoin liikoja· Mutta ei se mitään· Aina olen pärjännyt ja tulen aina pärjäämään· Tulen aina tuntemaan sinut läsnä· Olet osa ilmaa· Osa tuulta· Osa maailmankaikkeutta· Kiitos, kun sain sinusta unelmoida, mutta nyt alkoi uusi ajanjakso·

Viimeinen Sebastianille

Kerroin mitä kaikkea olit minulle. Kaikki mitä sanoin tuli suoraan sydämeni pohjalta. Olisin voinut jatkaa loputtomiin. Sinä rakastit sitä, mitä sanoin. Mutta nyt olet poissa. Minulla ei ole enää sinua. Veit mukanasi minusta onnellisuuden, rakkauden, kodin, turvan ja voiman.

Käskit minun pysyä vahvana. Lupaan sinulle, että pysyn. Yritän jatkaa matkaa kohti elämäni loppua ilman sinua. Uskoit siihen, että pärjään yksin. Niin minäkin aion, vaikka osa minua taistelee sitä ajatusta vastaan. Teit minusta vahvan. Aion pyyhkiä pois kyyneleet poskiltani ja jatkaa elämistä vuoksesi.

Asetan itselleni tavoitteita. Sitten, kun kuolen ja pääsen takaisin luoksesi, minä kerron kaiken. Kerron kuinka upean elämän elin. Kerron seikkailuistani ja kokemuksistani. Siitä kuinka elin sinua varten. Vaikka et kulkenutkaan enää mukanani, olet aina sydämessäni. Niin minä kerron. Lapsistani, siitä kuinka rakastuin uudelleen.

Voi, minä niin lupaan elää. Teen kaiken mistä olen aina unelmoinut. Halusit, että toteutan unelmani. Niin minä aionkin. Kun taas kohtaamme elämän sillä puolen voimme olla ikuisesti yhdessä. Lupaa, että odotat minua. Odotat kunnes tulen.

Luku 16. Odottamaton lähtö

Elämäni oli saanut uuden suunnan. Olin alkanut olla taas onnellinen. Olin alkanut nauttia elämästäni. Kevät oli tulossa. Olin hakenut jo lukioonkin, mutta vasta kesälomalla saan tietää pääsinkö sinne. Uskon kyllä pääseväni, koska pikkukylän lukioon ei ole vaikea päästä. Olen kuitenkin ihan kunnollinen keskiverto-oppilas.

Olimme sopineet äidin kanssa, että menemme yhdessä ostoksille. Odotin kotona hänen tuloaan töistä. Hänen olisi pitänyt jo tulla, mutta häntä ei näkynyt. Olin yrittänyt soittaakin, mutta hän ei vastannut. Hän varmaankin jäi suustaan kiinni juttelemaan jollekin ystävälleen. Uskon, että puhelin on äänettömällä.

Koska hänellä vielä kesti, aloin tehdä läksyjä. Niitä oli paljon. Kokeitakin oli tulossa paljon. Koko peruskoulu läheni loppuaan ja oli kovat paineet selviytyä viimeisistä kokeista.

Oli kulunut jo tunti siitä, kun äidin olisi pitänyt tulla kotiin. Yritin taas soittaa, mutta turhaan. Aloin jo tosissani huolestua. Soitin isoäidillekin, mutta hän ei vastannut. Ajattelin, että olin päivästä ja työvuorosta sekaisin. Ehkä meidän pitikin mennä ostoksille vasta ensiviikolla, ehkä hän työskentelee tänään myöhään.

Pitkän odotuksen jälkeen sain vihdoin puhelinsoiton isoäidiltäni. Ennen kuin hän kerkesi sanoa mitään, kysyin tietääkö hän missä äitini on. Kuulin puhelimen toisesta päästä itkua. Olin todella huolissani.

Hän kertoi, että äiti oli joutunut kolariin matkallaan kotiin. Ja koska isoäiti on hänen hätäyhteyshenkilönsä, sai hän ensimmäisenä tiedon tapahtuneesta. Olin paniikissa. En tietänyt mitä sanoa. Itkin. Itkuni oli selittämätöntä huutoitkua. Isoäiti sanoi, ettei äidilläni ollut mitään mahdollisuutta selvitä hengissä.

En voinut tehdä mitään. Olin shokissa. Isoäiti lupasi tulla mahdollisimman nopeasti luokseni. Miksi näin kävi juuri silloin, kun elämässäni oli kaikki taas hyvin?

En ollut koskaan ollut näin surullinen. Kyyneleet tulvivat silmistäni. Istuin pöydän ääressä. Kyynärpäät pöydällä, kädet poskilla minä vain itkin. Tässä tilanteessa en oikein voinut muutakaan. Ei ole mitään ohjekirjaa, että miten käyttäytyä, kun oma äiti on kuollut.

Minulla ei ole mitään ajatusta, että minne nyt päädyn. Missä vietän tämän yön? Missä tulen viettämään loput vuoteni alaikäisenä? Odotin vielä kauan aikaa ennen kuin isoäiti saapui kotiini. Olisin halunnut nähdä äitini vielä viimeistä kertaa, mutta isoäitini ei antanut. Hän sanoi, että jälki oli niin rumaa, jotta se traumatisoisi minua entisestään. Olisi kuulemma parempi, että muistan äitini sellaisena kuin hän oikeasti oli, enkä sellaisena miltä hän näytti kuolleena, onnettomuuden jälkeen.

Isoäitini oli sopinut sosiaaliviranomaisten kanssa, että asuisin hänen luonaan. Ainakin väliaikaisesti. Uskon, että voin asua hänen luonaan täysi-ikäisyyteeni asti. Tai ainakin toivon. He olivat myös jo suunnitelleet, että saan pitää tavarani ja osaa tavaroista viedään isoäidille ja talon kohtaloa pohditaan myöhemmin. Joudun aloittamaan heti aamusta pakkaamaan tavaroitani ja muuttamaan isoäidille. Yritin rauhoittua, mutta en pystynyt siihen. Ainoa paikka missä halusin olla, oli oman äitini syli. Olin menettänyt jo isäni. Nyt vielä menetin äitini. En halua, että kaikki ympäriltäni vain kuolee. En halua jäädä yksin. Olen orpo.

Pyyhin kyyneleet poskiltani. Menin avaamaan oven. Pakkasin mukaani vain kaiken mitä yhdeksi yöksi tarvitsisin. Aamulla sitten tulisin pakkaamaan kaiken mitä ikinä haluan vain mukaani.

Kun sain pakattua, suljin vielä reppuni vetoketjun ja menin isoäidin luo eteiseen. Hän laittoi kätensä olkapäälleni ja sanoi. "Kaikki järjestyy" Nyökkäsin vaisusti ja pidättelin itkuani. Otin takkini naulakosta ja laitoin sen päälleni. Isoäiti avasi ulko-oven ja lähdimme kävellen kohti hänen taloaan. Emme puhuneet matkalla sanaakaan.

Luku 17. Tyhjyys

Minulla on niin tyhjä olo. Äitini kuolemasta on jo kuukausi. Olemme jo pitäneet hautajaisetkin. Kesäloma oli alkanut ja en ollut tehnyt mitään. Istuin joka päivä vain hiljaa mummolassa miettimässä elämää. En halunnut tehdä mitään. Minulla oli suruaika meneillään. Jokaiselle lapselle äiti on maailman tärkein asia. Sen äkillinen menettäminen on kuin miljoona puukoniskua suoraan sydämeen.

Isoäitinikin oli kokoajan todella surullinen. Hän yritti tehdä kaikkensa, että olisin onnellisempi. Minäkin yritin joskus hymyillä hänen mielikseen. Muutama ystäväni kävi vierailemassa luonani. He toivat kukkia ja suklaata. Erittäin ystävällistä, mutta äidin minä olisin halunnut.

Kukaan ei olisi voinut tehdä asialle mitään. Se on jännä kuinka pienestä ihmiselämä on kiinni. Jos äiti olisi lähtenyt töistä kymmenen sekuntia aiemmin tai myöhemmin, ei hän olisi joutunut kolariin. Niinhän siellä kirkossakin sanottiin, että Jumala ottaa ja Jumala antaa. Tällä kertaa Hän otti vain maailman huonoimmalla hetkellä.

Olen niin kyvytön tekemään täällä isoäidillä mitään. Olen laihtunut aivan hirmuisesti, koska ruoka ei oikein maistu. En edes muista, että milloin olisi viimeksi ollut kunnolla pihalla. Vaikka olen aina tavannutkin mennä metsään selvittelemään asioita, en ole pitkään aikaan mennyt.

Olen ajatellut, että pitäisiköhän yrittää aloittaa koko elämä ihan alusta. Muuttaa kauas pois ja unohtaa kaikki vanha, lopettaa kaikki tavat ja harrastukset, ottaa ihan uudet. Se olisi tällä hetkellä lähes mahdotonta. Voin kyllä odottaa lukion loppuun. Kävisi vain niin sääliksi jättää isoäiti yksin tähän kylään.

Sain kirjeen pari päivää sitten lukiolta. Olin päässyt sisään. Ei se mitenkään yllätys ollut, koska olin ollut täysin varma pääseväni sinne.

Mahassani oli ollut kauan aikaa outo tunne. Se tunne oli kuin tyhjyys. Olin niin surullinen, että se vaikutti fyysisesti koko vartaloon. Nukuin todella paljon, koska en vain nähnyt syytä olla hereillä. En olisi tehnyt hereillä oikein mitään. Kun koulu taas alkaa, yritän tosissani jaksaa. Juuri tällä hetkellä on vain vaikeaa.

Luku 18. Alkusyksy

Syksy taas alkoi. Olin viettänyt koko kesäloman eristyksistä muusta maailmasta mummon luona. Aloitin lukion ensimmäisen vuoden. Kaikki tulisi olemaan niin paljon erilaisempaa kuin yläasteella. Vaikka olinkin todella surullinen, niin yritin. Yritin hymyillä ja jutella muille ihmisille.

Lukio oli suurempi kuin edellinen kouluni. Täällä oli paljon enemmän oppilaitakin. Kävelin käytävällä ja tutkiskelin paikkoja. Koko paikka oli niin uusi, ja vieras. Käytävän toisessa päässä näin jonkun tutun näköisen hahmon. Hän näytti ihan Sebastianilta.

En ole nähnyt Sebastiania moniin kuukausiin. Olin niin onnellinen. Hän oli palannut takaisin. Juoksin hahmon luokse. Hän kääntyi. Suuri pettymys laskeutui päälleni. Se olikin vain joku aivan vieras poika. Hän ei ollut Sebastian.

Jos Sebastian olisi luonani, asiat olisivat paljon paremmin. Mutta hän vain mystisesti katosi. Toivon salaa edelleen, että hän palaisi. En usko hänen enää palaavan, mutta voin aina toivoa.

Koulupäivä kului nopeasti. Tutustuimme lähinnä vain rakennukseen ja koulun sääntöihin. Oli ihan mukavaa aloitella lukiossa. Viimeinen kouluvuoteni peruskoulussa meni kuinka meni, mutta nyt aion tosissani panostaa kouluun.

Lähdin takaisin nykyiseen kotiini, eli isoäidin luo. Hän oli ollut todella innoissaan, että aloitin lukiossa. Yritin pitää hymyä yllä, jotta hänelle tulisi parempi mieli.

Katselin ympärilleni. Vaikka koulut olivatkin jo alkaneet, syksy ei ollut kunnolla. Oltiin loppukesän ja alkusyksyn vaihteessa. Oli lämmin, mutta lyhythihaisella paidalla ei olisi enää pärjännyt. Luonto oli kaunis. Olisi pitkästä aikaa tehnyt mieli mennä metsään kirjoittamaan. Mutta tiesin isoäidin odottavan, joten menin suoraan hänen luokseen.

Hän oli paistanut lettuja. Hän oli hyvällä tuulella ja kyseli iloisesti koulusta. Esitin itsekin onnellista ja kehuin uutta kouluani todella innoissani. Istahdimme pöytään syömään lettuja mansikkahillon kera.

Kyselin hänen päivästään ja isoäiti kertoi, että aloitti taas kirjoittamisen. Hän oli kirjoittanut viimeksi nuorena tyttönä. Olin ylpeä hänestä. Kaiken tämän surun keskellä hän jaksoi jatkaa eteenpäin.

Luku 19. Meri

Oli viikonloppu. Isoäiti oli halunnut korvata minulle mennyttä kesääni, joten olimme menneet bussilla toiselle paikkakunnalle. Se oli meren ääressä. Isoäitini rakastaa merta. Se oli yksi niistä syistä, että miksi tulimme juuri tänne.

Kävelin rantaviivaa pitkin. Aurinko teki laskuaan. Pidin kenkiä käsissäni, ettei niihin tulisi hiekkaa. Vähän matkan päässä oli harmaa noin kymmenen metriä korkea kallio. Halusin mennä kiipeämään kalliolle, jotta voisin ihastella auringonlaskua mereen.

Kävellessäni kohti kalliota mietin äitiäni. Hän olisi varmasti halunnut nähdä tämän luonnon kauneuden. Kaipasin häntä niin kovin. Kaipaukseni oli todella suuri. Voisin tehdä mitä vain, jotta näkisin hänet uudelleen. Tai, että edes saisin sanoa hänelle ikävästäni.

Aloitin kiipeämisen kalliolle. Sinne oli helppo mennä, mutta se oli aika vaarallisen jyrkkä. Kallion vieressä oli kieltomerkki sen päälle kiipeämisestä. Aioin olla varovainen, joten en piitannut kyltistä.

Kallion pinta oli karkea, mutta kostea. Kalliosta näki kuinka meren aallot olivat kuluttaneet sen pintaa. Kun vihdoin pääsin huipulle, näky oli todella kaunis. Olen useasti nähnyt kuvia auringon laskusta mereen, mutta en ikinä nähnyt sitä itse.

Näky oli paljon kauniimpi kuin valokuvissa. Menin lähemmäs kallion reunaa, jotta näkisin paremmin. Olin todella korkealla. Kun katsoin alas, näin kuinka aallot löivät kalliota vasten.

Kun katsoin kaunista maisemaa, alkoi kova tuuli. Tunsin kuinka se leikitteli hiuksiani. Suljin silmäni, ja vedin syvän henkäyksen. Liukastuin kallion kielekkeeltä suoraan mereen.

Viimeinen luku. Anteeksi

Avasin silmäni. Olin sairaalassa. Joka ikiseen kohtaan kehostani sattui. Suustani ja nenästäni tuli jotain suuria letkuja. Olin lähes kokonaan jossain kipsissä. En ollut tuntenut ikinä niin suurta kipua, mitä nyt tunsin.

Olin kuoleman porteilla. Minulla ei ollut mitään mahdollisuuksia selvitä tästä hengissä. Ja miksi edes yrittäisinkään taistella tätä vastaan. Minulla ei ollut enää syytä tai tarkoitusta elää. Kaikki on menetetty. Saatan joskus päästä yli tästä kaikesta. Jatkaa opintoja, rakastua uudelleen ja muuttaa kauas pois. Mutta en halua päästä yli.

En halua nähdä itseäni kahdenkymmenen vuoden päästä toisen miehen kanssa istumassa sohvalla katsoen kun omat lapset leikkivät. En halua taistella sen vuoksi. En vain enää jaksa.

Elämälläni ei ole sisältöä. Eläisin päivästä päivään tyhjää. Ajatukseni, tekemiseni ja puhumiseni olisi kaikki tyhjää. Olen menettänyt elämässäni kaiken mistä välitän. En välitä enää mistään. On aika päästää kaikki menemään. En välitä kenestäkään, eikä kukaan välitä minusta. En halua välittää, enkä halua, että minusta välitetään.

Tiedän kyllä, että isoäitini välittää. Ja minäkin välitän hänestä. Mutta, kun huoltajuus siirtyi hänelle, koen olevani vain taakka. Haluaisin vain pyytää häneltä anteeksi, mutta voimani ei riitä enää mihinkään. Tämä ei ole enää minusta kiinni.

Isäni on poissa, äitini on poissa ja *hän* on poissa. Lupasin hänelle, että jaksan jatkaa. Lupasin kertoa sitten kaiken mitä saavutin. Valitettavasti joudun pettämään lupaukseni.

Elämme kuollaksemme. Haluan kuolla elääkseni. Elääkseni muualla rakastamieni kanssa. Kuolisin lopulta muutenkin. Miksi rääkkäisin täällä itseäni? On aika sulkea silmät vielä viimeisen kerran.

piip sydän oli pysähtynyt.

Ja niin puhkesi kukka omenapuuhun.